아이는 예쁜데
자꾸 눈물이 나요

아이는 예쁜데 자꾸 눈물이 나요

초판 1쇄 인쇄 2024년 8월 10일
1쇄 발행 2024년 8월 25일

지은이 양정은
대표·총괄기획 우세웅

책임편집 김은지
표지디자인 김세경
본문디자인 이선영

종이 페이퍼프라이스㈜
인쇄 ㈜다온피앤피

펴낸곳 슬로디미디어
출판등록 2017년 6월 13일 제25100-2017-000035호
주소 경기 고양시 덕양구 청초로66, 덕은리버워크 지식산업센터 A동 15층 18호
전화 02)493-7780 **팩스** 0303)3442-7780
홈페이지 slodymedia.modoo.at **전자우편** wsw2525@gmail.com

ISBN 979-11-6785-218-2 (03810)
글 ⓒ 양정은, 2024

아 이 는 예 쁜 데
자 꾸 눈 물 이 나 요

양정은 지음

임신, 출산으로 찾아온
산후 우울증으로 힘든 당신에게

슬로디미디어

산후 우울증에 대해 알고자 이 책을 읽게 된 그대에게,
산후 우울증을 어떻게 해야 할지를 고민하는 그대에게

고생 많았죠? 진통이 길었거나, 수술했거나. 마음껏 재채기하거나 걷거나 뛰지도 못하고. 아기 낳자마자 정신 차리고 회복하기에도 바쁜데 젖이 돌까 싶어 자꾸 주물럭거리게 되고. 머리도 감지 못한 상태에서 가족과 지인을 마주하고. 그러다가 정신을 조금 차릴 때가 되어 보니 우울이라는 친구가 와 있나요? 혹시 이유 없이 계속 흐르는 눈물에 당황하고 있나요? 출산의 행복을 만끽해도 모자란 순간에 왜 이렇게 눈물이 나고 우울하냐며 자신을 자책하고 있나요?

저는 2017년 5월, 첫 출산을 하고 지금은 4살, 6살이 된 두 딸의 엄마입니다. 4살, 6살이라고 하니 엄청 큰 아이들을 키우고 있는 것 같아서 부럽고 언제 저런 날이 오나 싶으시지요? 저도 그랬습니다. 원인을 알 수 없는 민감함과 눈물이 나는 것. 그렇게 시작된 산후 우울증이 세상에, 2년 동안이나 지속했습니다. 그런데 당신의 산후 우울증이 저처럼 오래갈까 너무 걱정하지는 마세요. 제가 당시 엄마가 된 지인들, 100명

이면 거의 70명에게 '산후 우울증이 있었는지, 2년 이상 지속했는지'를 물어봤거든요. 답은 '아무도 없었다'입니다. 조금 우울했지만 나아졌다는 사람, 운동과 드라마로 이겨냈다는 사람, 조금 심하게 오긴 왔었다는 사람 등 그 양상은 조금씩 달랐지만, 저처럼 계속해서 눈물이 나고 약물치료를 받고 2년 가까이 힘들어한 사람은 없었어요. 그러니 그대도 걱정하지 마세요. 그 모든 것을 먼저 겪고 나은 사람이 여기 있으니까요.

위의 표는 제 산후 우울증의 연대기입니다. 출산 전부터 전조 증상을 살며시, 아주 은은히 보이더니, 출산 직후부터는 극도의 예민함과

불안, 분노, 수치, 우울감이 시작되고, 조리원에 입소하면서 눈물보가 터지기 시작합니다. 원인 모를 눈물은 수도꼭지가 떨어져 나간 것처럼 계속되었습니다. 친정에서 조리할 때도 아주 예민하고 불안해했습니다. 집으로 복귀하며 더 심해졌고, 결국 약물치료를 받으며 1차 산후 우울증의 막이 내립니다. 그러나 산후 우울증은 여러 날 지속됐습니다. 이틀에 한 번꼴로 울며 무언가를 그리워하고, 두려워하며 지냈으니까요.

위의 연대기를 보면 아이를 어린이집에 보내고는 다 나은 것처럼 기록되어 있습니다. 그 영향이 아예 없다고 이야기할 수는 없습니다. 평생 '엄마로서만' 지내야 하는지 알았는데 꼭 그렇지만은 않다는 것을 다시금 알게 되었거든요. 그러나 감정의 소용돌이에서 벗어난 지금에야 알게 된 것도 참 많습니다. 그것을 여러분과 나누고 싶어 이 글을 씁니다.

당신은 혼자가 아니라는 것, 당신 탓이 아니라는 것, 출산을 겪었을 뿐인데 눈물이 끝도 없이 흐르는 이유가 당신이 약해서, 모성이 없어서가 아니라는 것, 나아질 수 있다는 것을 알리고 싶습니다. 눈물 안에 담긴 감정을 조금씩 만나며, 엄마가 되는 과정에 대해 생각해보고 버티자고 손을 내밀면서.

아이는 예쁜데 자꾸 눈물이 나요

기록 한 장

　출산과 육아는 크나큰 기쁨과 환영의 과정이지만, 애도가 동반하는 과정이기도 하다는 것을 알았다. 여기서 애도란 '의미 있는 상실'에 대한 정상적인, 고통스러운 기분을 말한다. 극진한 보살핌과 배려를 받는 만삭 임산부에서 몸도 다 회복되지 않은 상태로 이제는 나 아닌 다른 존재를 극진히 보살펴야 하는 상황으로 180도 바뀌지만, 그 과정에 대한 심리적 경험을 예습할 경험보다 그 보살핌을 어떻게 활용해야 할지에 대한 예습을 제공하는 쪽이 더 많을 뿐이다.

　자연분만을 원했지만, 기계적으로 돌아가는 산부인과의 분만 시스템에 대해서는 알지 못했다. 모유 수유에 대한 의지를 다졌지만, 내 가슴이 다뤄지고 보이는 방식이라는 건 알지 못했다. 출산 방식과 모유 수유가 내 몸의 형태를 변화시키는 것임을 감수하려 했지만, 실제 겪는 것은 달랐다. 그러므로 기쁨이자 축복인 출산과 육아에는 애도의 과정이 수반되어야 한다는 걸 안다면 산모들의 산후 우울증을 예방하는 데 도움이 되지 않을까 생각한다.

　이제는 한 아이의 부모가 되니 원가족의 자녀로 머물던 시절을 애도한다. 신혼 시절 남편과 단둘이 보내던 한가로운 주말과 늦은 저녁 TV 시청, 대화, 외식과 교외 데이트 등 온갖 단내 풍기던 풍경도 한동안은 애도, 나의 부모가 젊은 부모로 머물기를 바랐던 그 시절도 애도, 하루하루 자라는 아이의 매일매일도 애도한다. 10개월간 배 속의 아가에게 말을 걸고, 아가의 태동에 웃고, 놀라면 배부터 만지며 안심하던 습관도 이제는 그리워하며 애도한다.

내 가족, 특히 부모님도 어엿한 엄마가 된 나를 보며 무언가를 애도하고 계실 것이다. 그래서 엄마는 기대 이상으로 크게 기뻐하면서 종종 눈시울이 촉촉해진 거겠지. 손녀를 처음 만나며 함박웃음 지으시던 엄마의 모습, 신생아 검사를 마치고 내가 준비해 간 속싸개와 겉싸개에 폭 담겨 있던 내 딸의 모습 다 누워 있느라 사진 한 장 남기지 못했다. 앞으로 눈으로 찍는 사진이 많아질 거라는 생각이 든다.

위는 출산 후 열흘째 되던 날 조리원에서 적은 글입니다. 돌이켜보면 산후 우울증이라는 이름 아래 제 마음이 저에게 말을 걸고 있었다는 생각이 듭니다. 눈물을 통해 내 말을 들어달라고 말이지요. 그 말을 들음으로써 남이 알아주지 않는 어두운 감정을 흘려보내고, 살갗이 찢어지는 듯한 성장통을 겪고, 잃어버린 것을 애도하였기에 현재에 전념할 수 있는 것 같습니다.

상담사로서 사실은 더 멋진 주제로 글을 쓰고 싶었습니다. 상담 이

아이는 예쁜데 자꾸 눈물이 나요

론이라든지, 자존감에 대해서든지, 대화법이라든지 그도 아니면 아이를 잘 키우는 방법 같은 것들. 하지만 아이를 키우기가 힘들어 실컷 운 이야기를 씁니다. 엄마의 첫 책이 '산후 우울'에 관련한 내용이라니. 나중에 딸들이 보면 어떻게 느낄까, 특히 저의 산후 우울과 함께였던 첫째 딸이 서운하게 느끼지는 않을까, 내가 엄마를 힘들게 했다고 자신의 존재를 탓하지는 않을까 걱정이 됩니다. 그러나 아이를 사랑하는 것과 산후의 우울감은 별개라는 것을 알기에 용기 내어 씁니다.

어쩌면 제 딸도 이런 엄마의 경험담을 바탕으로 출산과 그 이후의 문제에 대비할 수 있을지도 모르지요(혹시나, 언젠가 엄마가 되고 싶다면요. 요즘 그녀에게 커서 뭐가 되고 싶은지 물으면 '엄마'가 되고 싶다고 하거든요).

이 책은 제 산후 우울증의 전개와 증상, 그에 대한 감정의 기억으로 쓴 글입니다. 약물치료와 상담, 회복 후 일차적인 호르몬 변화 외 산후 우울증의 강도와 지속성, 치유에 영향을 줄 수 있는 요인이라 여겨지는 것들을 공유합니다. 이 밤에 홀로 울고 있을 당신을 이해하고, 아기를 키우느라 상담실에 방문하기 어려운 엄마들을 위로할 수 있다면, 상담사이자 먼저 출산과 육아를 시작한 엄마로서 가장 보람된 일이라고 생각합니다. 무엇보다 '출산 후 울기'에 관해서라면, 제가 최고 전문가였으니까요!

차 례

PART 1

산후 우울증의 서곡

PART
2

산후 우울증 제1막

PART
3

산후 우울증 제2막

PART
4

막이 내린 후

산후 우울증의 서곡

엄마가 되고 싶었던 상담사

아이를 낳고 싶었습니다. 아이들을 가르치는 일을 하며 제가 아이들의 말을 듣는 것을 참 좋아한다는 걸 알았습니다. 그래서 더 잘 들어주고 싶고, 그 말들에 담긴 마음을 더 잘 알고 싶어 상담사가 되었습니다. 아이는 그저 사랑스럽고 경이로운 존재였습니다. 엉뚱하거나 되바라진 행동을 하는 아이도 그저 기특하고 귀여웠습니다. 아이들이 돌아가는 집이 궁금했습니다. 귀여운 입으로 조잘조잘 하루에 있었던 일을 떠들고 맛있게 밥을 떠먹는 아이들의 집을 동경했습니다.

상담실에서는 아이 상담 때 그 부모님과 부모 상담을 진행합니다. 부모 상담을 해 보면 부모님의 말씀을 듣고 공감하기도 하지만 '이렇게 하셔야 한다, 이렇게 하시면 안 된다' 조언해 드릴 일이 많습니다. 그러면 부모님은 귀 기울여 듣기도 하고 애써 실천하기도 하고 아이들과 성장해 고마운 마음을 표현하시기도 합니다. 이제 와 고백하건대, 저는 조금 우쭐했는지 모르겠습니다. '내가 부모가 되면 나는 다를 거야'라며 내심 기대했던 것 같습니다.

아이들은 신기했습니다. 상담실에 기대에 차 들어와 제 부모에게 하지 않는 이야기를 상담사에게 하지만 그들이 가장 사랑하는 것은 부모였습니다. 아이들은 양육에 소홀하고 부족해 보이는 부모마저 열렬히 사랑했습니다. 무조건적 사랑을 주어야 하지만 무조건적 사랑을 받는 부모가 된다는 건 어떤 걸까, 궁금했습니다.

그날도 한 아이와 상담을 위해 신나게 바깥 활동을 하고 들어왔습니다. 그리고 부모 상담을 시작하는데, 갑자기 아이가 선 채로 소변을 누었습니다. 순식간에 아이가 전혀 모르겠는 존재로 보입니다. 얼떨결에 아이의 어머님을 불렀는데, 어머님은 능숙한 손길로 아이의 옷을 벗기고 걸레를 가져다달라고 하셨습니다. 그렇게 저는 말 잘 듣는 조수가 되어 걸레를 가져다드리고 일이 수습될 때까지 어정쩡하게 곁을 맴돌았습니다. 아이의 소변조차 수습할 줄 모르는 제가 얼마나 '헛똑똑이'에 불과했는지 깨닫는 순간이었습니다.

또 어느 날은 아이 셋을 키우는 한 어머님께서 일과 육아를 병행하는 일과를 말씀하시다가 공허한 표정으로 "모든 것을 놓고 떠나고 싶을 때가 있어요…"라고 하셨습니다. 여러분은 어떤 생각이 드시나요? 저는 당시 바로 대답하지 못하고 주춤거렸습니다. 공감보다 '사랑스러운 아이들을 두고 왜? 떠나면 아이들은?'이라는 의문이 앞섰기 때문입니다.

상담사에게는 전문성을 키우고 내가 한 상담을 객관적으로 바라보고자, 내담자의 동의를 얻어 상위 전문가에게 지도받는 시간이 있습니다. 그 시간에 제 지도자는 이를 두고, '아가씨라서 이해하기 어려울 거라고, 엄마라면 그게 어떤 말인지 알 수 있을 거라고' 하셨습니다.

엄마가 되고 싶었습니다. 제가 이해하지 못하는 것들을 이해하고 싶었습니다. 제대로 이해하지 못하기는 일에서뿐만 아니라 개인적 관계에서도 마찬가지였습니다. 어서 결혼해 독립하라는 엄마와의 관계에서도, 내가 모르는 세계를 잘 알게 된 엄마가 된 친구들과의 관계에서도. 게다가 손발이 찬 편에 자궁근종이 서너 개 있었던 저는 막연히 임신이 잘 될까 하는 불안을 느끼고 있었습니다. 나도 엄마가 될 수 있을까? 정말 좋은 엄마가 될 수 있을 것 같은데. 엄마가 되고 싶은데…

엄마가 되고 싶어 안달한 만큼 엄마가 되기만 하면 '좋은' 엄마가 될 줄 알았습니다. 그저 행복하고 감사해하며, 다정하지만 때로는 근엄하게, 아이의 감정을 수용하며 바르게 교육하는 엄마, 육아서의 지침대로 능숙하게 육아를 해내는 엄마가 될 줄 알았습니다. 전공 서적에서 읽은 것들 모두 엄마가 되면 저절로 나오는 건 줄 알았습니다. 부지런히 읽고 준비하면 그대로 되는 줄만 알았습니다.

감정의 유선이 싹트다

엄마가 되면 대세에 들어 많은 사람과 소통하고, 만사형통일 것 같은 기대와 환상은 임신 기간에도 이어졌습니다. 뱃멀미 같은 입덧과 시도 때도 없이 쏟아지는 졸음 등의 생리적 변화조차 저에게는 반가운 경험이었으며, '예쁜 거 먹어야지, 무거운 거 들면 안 되지, 자야지, 쉬어야지' 사람들의 다정한 배려도 좋았습니다. 임신 기간은 인생에서 가장 행복한 한때였습니다. 그러나 당시 일기에 쓴 내용을 보면 문득 덜컥하고 가슴이 내려앉는 기분도 있던 것 같습니다. 가슴의 유선이 발달하듯 감정의 유선이 뻗어나가던 중이 아니었을까 싶습니다.

출산 예정일 새벽, 자다가 밑이 왈칵 젖는 느낌이 들었습니다. '이게 바로 양수구나!' 저는 바로 자고 있던 남편을 깨우고 산부인과에 전화했습니다. 병원에서는 오후까지 진통을 기다려보고 진통이 없으면 입원하자고 했습니다. 일단 출근해서 휴가를 신청하고 돌아오겠다는 남편을

아이는 예쁜데 자꾸 눈물이 나요

기록 한 장

오늘은 꽃을 보고 싶어 하는 엄마의 말을 기억해 둔 네 아빠가 꽃구경 가자고 해 축제가 열리는 전농로에 다녀왔단다. 신선한 바람결과 흥겨운 노랫소리와 박수 소리, 눈 부신 태양을 너도 느꼈을지. 아직 덜 피었지만, 봄을 배달해 준 벚꽃은 무척 아름다웠다. 핫도그와 솜사탕, 닭꼬치, 버터 옥수수를 하나씩 사 먹으며 축제 먹거리를 한껏 즐겼고, 임산부라고 특별히 준다는 요구르트도 네 덕에 받아먹었지! 벤치에 앉아 그것들을 먹으며 자유를 만끽하려 했지만, 오늘따라 눈에 더 잘 들어오는 어린아이들을 보며 너와 함께하는 미래를 상상하며 행복했다. 머리에 하나같이 꽃송이를 끼우고 지나가던 언니들이 얼마나 곱고 풋풋하던지. 마냥 젊을 줄 알았던 네 엄마와 아빠도 어느덧 중년이 되어, 예전 우리 부모님 세대가 지났을 나이가 되었구나.

집에 와서 아빠는 엄마가 보건소에서 가져온 초보 아빠 수첩을 주의 깊게 보며, 거기에 나온 말투로 너에게 말을 걸기도 하고, 아빠 특유의 말투로 장난치더니 부쩍 엄마의 변화를 관찰하고 배려를 아끼지 않는다. 허리를 한두 번 두드렸을 뿐인데 바로 엄마의 허리를 문질러 주었어. 이제 손발이 저리고, 전보다 많은 자세를 취하거나 행동하기가 힘겹지만, 이 모든 힘겨움과 고통이 좋은 것을 시사한다는 걸 잘 안단다. 엄마가 입덧한다는 건 네가 잘 자라고 있다는 증거고, 엄마의 가슴이 찌

릿찌릿한 건 네가 먹을 젖이 이동할 길이 잘 만들어진다는 증
거니까. 아픔을 기쁨으로 받아들이면 더는 아픔이 아픔이 아니게 된
다. 그러나 가끔 가슴 한쪽에 무언가가 파고들 듯이, 누군가가 쥐어짜
듯이 아린 느낌이 있는데 그게 뭔지는 모르겠네. 아마 너를 만나게 되면
전보다 더 깊고 강렬하며, 섬세한 감정들을 느끼게 될 것이기에 그 준비
를 하는 것 같아. 분명히 행복한데 괜히 눈가가 젖어오는 것처럼 이상
하고, 아련하고, 단색의 원색이 아닌 오묘하고 은은하고 깊은 여러 감
정의 색들의 실체를 곧 알게 되겠지. 조금 걱정되고 무섭지만, 어두움이
나 아픔은 반드시 밝음과 행복과 함께하겠지. 그렇게 인생에 조금 더
가까워진 느낌이야. 어찌 너에게 감사하지 않으리.

보니 이상하게 애틋해지며 코가 시큰해집니다. 친정에서 진통이 오길 기
다리기로 한 저는 계단을 오르내리고, 스트레칭과 걸레질을 해 봅니다.
그렇게 진통이 강해지고 간격이 짧아지길 기다립니다. 친정엄마는 분만
전 마지막 식사는 든든하게 해야 한다며 삼겹살을 구워 주셨습니다. 다
먹고 친정집의 냉장고를 뒤져 달콤한 초콜릿 아이스크림을 하나 까서
소파에 앉았습니다. 이런 저를 엄마가 아이 보듯 바라봅니다.

친정집의 푹신한 소파에 앉아 TV 채널을 돌리며, 앞으로 어떤 일이
벌어질지 전혀 예상하지 못한 채로, 엄마와 시시콜콜한 이야기를 나누

아이는 예쁜데 자꾸 눈물이 나요

던 그날. 엄마가 진통이 빨리 오는 자세라며 방을 걸레질하던 모습, 엄마와 함께 양다리를 벌리고 내리는 자세를 취하며 깔깔 웃던 모습. 이후로 제가 그날을 얼마나 그리워하게 될지 전혀 몰랐습니다.

분만은 예습을 못 해서

끝내 진통이 오지 않아 오후에 입원하고 가족 분만실을 배정받았습니다. 그간 저는 무슨 상상을 했던 걸까요? 아니, 상상보다는 환상에 가까웠던 거겠지요. 따뜻하고 사랑스러운 느낌의 노란 벽지에 폭신한 침대를 생각했습니다. 갓 태어난 아기는 그런 데에 누워 있는 엄마에게 안기는 거라고 생각했습니다. 그러나 방은 어두운 '병실'이었고, 침대는 딱딱하고 불편한 말 그대로 '베드'였습니다. 몸통, 팔다리 모두 로봇처럼 따로 뉘어 편하게 한 번 돌아눕기도 힘든. 옷은 또 왜 이런지. 사각사각 빨고 말리기에만 좋은 재질의 옷은 훤히 뚫린 곳이 많아 춥고 불편했습니다.

저와 아기의 상태를 체크하던 의료진은 유도분만을 하기로 했습니다. 분만 촉진제인지 뭔지를 맞히더니, 언제까지 자연분만해야 한다는데 못하면 어떻게 되는 건지 하나하나 꼼꼼히 알려고 들지 않으면 순식간에 지나갑니다. 홀린 듯이 다 알았다고 대답했지만, 진짜 알고 선

아이는 예쁜데 자꾸 눈물이 나요

택한 건 거의 없습니다. 이제 내 몸은 내 몸이 아닌 느낌.

충격은 이제부터였습니다. 출근했던 남편이 돌아왔습니다. 간호사가 관장약을 먹으라고 주었는데 먹자마자 남편 앞에서, 그러니까 4년간 연애하고, 배가 나온 저를 사랑스럽게 바라봐 주던 남편 앞에서, 변을 지리고 변 냄새를 풍기게 생겼습니다. 남편 앞에서 옷도 훌훌 갈아입지 않으려고 노력하던 제가요. 그 순간의 공포는 진통의 공포보다 강력했습니다. 남편은 괴로워하며 화장실로 겨우겨우 발걸음을 옮기는 저를 걱정스러운 눈빛으로 따라왔고, 저는 여느 때보다 절박하게 외쳤습니다. "제발 오지 마! 저 멀리 가!"

진땀을 흘리며 겨우 화장실에 도착해 화산 폭발을 마치고 나오며, 왜 사람들이 출산을 '굴욕적'이라고 하는지, 그 표현에 동의하고 싶지 않았으나 점점 동의가 되고 맙니다. 저의 소중한 첫 출산 경험은 완전히 내 손을 떠나 의료진의 손놀림에 의해 진행되었습니다. 기다리라고 하면 기다리고, 모니터에 나타나는 선은 무엇을 의미하는지 알 수가 없고, 물어보면 알려주시기는 하는데, A부터 Z까지 모르는 상황에서 D나 R을 부분적으로 듣는 느낌이라고 할까요? 안다고 해도 그것을 해석할 수 없고, 나에게 무슨 일이 일어나고 있는지 모를 완벽한 통제감 상실.

신체적, 심리적으로 내 몸을 통제할 수 없는 상황은 이제부터 시작이었습니다. 몸은 내 것인데 호출받으며 끌려다니고, 무언가가 주입되었습니다. 차디찬 의자에 앉아 마취제인 무통 주사를 맞는 일, 내진을 받는 일 모두 두려웠습니다. 지시대로 빠릿빠릿하게 움직이지 못하고 고통을 호소하자 간호사가 짜증스러운 말투로 힐난합니다. 의료적으로 안전한 출산을 위한 과정이라지만, 그동안 가졌던 출산에 대한 환상에 헛웃음이 나왔습니다. 그간 보건소에서 모유 수유 강의를 듣고, 태교한다고 뭔가를 만들던 준비 기간에 왜 출산 과정에 대한 연습과 예습이 없었는지 놀랍고 어이가 없습니다. 사실 산모가 가장 알아야 할 것 중 하나가 출산 과정 아니었을까요?

그래도 첫째의 출산은 비교적 수월한 편이었습니다. 무통 주사를 두 번 맞았거든요. 둘째는 분만 진행이 빨라 무통 주사 없이 생으로 사지가 찢겨 나가는 듯한 진통을 하룻밤을 꼬박 넘겨 반나절을 더 느껴야 했습니다. 짐승 같은 내 소리를 남편이 듣지 않았으면 해서 내쫓았습니다. 이 고통이 끝나기는 할지, 죽음이 나와 그리 멀지 않게 느껴졌습니다. 그리고 그제야 알았습니다. 병원마다, 의사마다 출산에 대한 철학과 방침이 다르다는 것을. '자연주의 출산이나 르 봐이예 분만 같은 특별한 분만 방식을 표방하지 않는 일반 산부인과도 이렇게 다르구나. 그렇다면 산모들은 이런 정보를 주변 경험자나 맘카페에서 알음알음 얻어야 하는구나!' 싶었습니다. 파트 4에서 언급하겠지만, 목영롱의 《굴욕 없는 출산》에서는 이러한 여성들의 고유한 경험인 출산이 당사자에 의해 직접 이야기되지 않고 타인이 제공하는 지식에 의한다는 점을 꼬집습니다. 여성이 출산 정보를 제한적으로 얻음으로써 더욱 출산

아이는 예쁜데 자꾸 눈물이 나요

에서 주체적인 입장이 되기 어렵다는 견해입니다. 둘째까지 낳고 보니 그 글에 고개가 끄덕여집니다. 저자는 그와 함께 출산 과정에서 경험하는 다양한 감정과 존중받지 못하고 이해하기 어려운 측면도 이야기합니다. 출산의 주체인 우리가 출산에 대해 더욱더 적극적으로 이야기를 나누어야 하는 이유입니다.

그러나저러나 아기와의 첫 만남은 잊을 수 없습니다. 좁은 통로를 통해 결국 태어난 아기가 응애 울어대고, 그 뜨겁고 작은 생명이 제 품에 안깁니다. 꼭 해주고 싶던 말 "고생했어, 아가야" 신기하게도 아기가 울음을 그칩니다. 약하고 작은 존재에게 세상에서 가장 중요한 사람이 되었다는 사실에 말로 표현할 수 없는 효능감과 뿌듯함을 느낍니다. 비록 감동에 취할 새도 없이 아기가 어딘가로 보내지고, 저는 기진맥진한 채 어딘가로 이동되었지만 말입니다.

엄마 되기를
책으로 공부하다

　임신하고 사들이기 시작한 것은 무엇이었을까요? 가제 손수건과 예쁜 담요 등도 제 구매 목록을 채워갔지만, 이상이 높았던 저는 육아를 글로 배우려 온갖 책을 사들이는 데 부지런이었습니다. 노란 표지의《임신 출산 육아 대백과》와 두꺼운《삐뽀삐뽀 119 소아과》로 시작해《베이비 위스퍼》,《똑게육아》외 여러 발달 관련 시리즈와 모유 수유 관련 책까지… 온갖 책을 사서 밑줄까지 그어가며 열심히 읽었습니다. '아이와의 안정된 애착을 위해서는 모자동실을 써야 하는구나. 무조건 모유 수유를 시도해야겠구나. 재울 땐 토닥여서 재우는 거구나. 먹-놀-잠 패턴이라는 게 있구나. 나는 똑똑하고 게으르게 육아해야지! 당연히, 멍청하고 부지런한 육아할 필요는 없지!' 그렇게 육아를 대학원에 진학하고 자격증을 준비하듯이 공부했습니다. 그러면서 좋은 엄마에 대한 틀과 기준이 잡혀갔습니다.

아이는 예쁜데 자꾸 눈물이 나요

당시 신혼생활을 보증금 9천만 원의 원룸에서 시작했습니다. 둘 다 대학원에 다니며 취업이 늦어 모은 돈에 대출을 얻어 시작한 살림이었습니다. 한 칸짜리 방의 수납장을 책으로 가득 채우다가 남편의 눈치가 보여 전공에 필요한 책이라고 핑계를 댔습니다. 나는 상담사니까 엄마와 아이를 잘 이해해야 한다고 여기면서, 이렇게 준비하면 똑똑하게 육아할 수 있을 거로 기대하면서 말입니다.

그렇게 공부하면서도 선택적 주의(환경에서 들어오는 여러 정보 중 특정한 정보에 주의하는 것)를 했습니다. '3시간에 한 번씩 젖을 물려야 한다는 건 내가 3시간 이상 푹 잘 수 없다는 뜻일 텐데' 하며 철 지난 36개월 애착 신화를 철석같이 믿었고, 3년간 일을 쉴 계획도 했습니다. 그러나 아이를 위해 내 경력을 3년간 고스란히 내려놓고 어떤 경험을 하게될지 전혀 예상하지 못했습니다. 더 어리석은 생각은 일을 쉬는 동안 박사 과정이라도 밟아야겠다고 생각한 것입니다. 결국, 열심히 책으로 육아를 공부하고도 육아에 대해 아무것도 알지 못했습니다.

심리학에서 우울을 설명하는 이론 중 '자기불일치 이론'이 있습니다. 실제 자기와 당위적(의무적) 자기의 차이가 크면 불안이, 실제 자기와 이상적 자기의 차이가 크면 우울함이 생긴다는 이론입니다. 저는 실제로 어떤 육아를 하게 될지 객관적 인식과 정보가 없는 상태로 이상적 자기와 당위적 자기를 형성해 나갔습니다. 그때부터 우울과 불안이 예고되었을지도 모릅니다. 이 균열은 임신 기간에도 일어나고 있었던 것 같습니다. 임신하며 사회활동이 줄고 집 안에서 핸드폰으로 타인의 SNS를 훑는 시간이 늘었습니다. 부른 배를 비스듬히 누이고 그것들을 보며 저의 순간을 초라하게 여겼고, 또 어떤 날은 설명할 수 없는 두려움과 불안이 엄습해 남편에게 "기저귀는 어떻게 가는 거지? 나 하나도 모르는데…"라며 당혹감을 느끼기도 했습니다.

아마 이쯤 되면 눈치챈 분들이 계실 것 같은데요. 저는 또래 중 유난히 세상 물정을 모르고 이상이 높은 편이었습니다. 성향도 현실적이기보다 직관적이며, 직접 해내며 그 과정에서 성공과 실패를 경험하기보다 안락하게 의존하며 지내온 경향이 있습니다. 부모의 보호 아래 안락함을 누리면서도 또 그에 대한 반발심에 갈등을 겪기도 했지요. 대학생 때는 뭣 모르고 덜컥 다단계 사업에 뛰어들거나, 도를 아시느냐 묻는 집단을 따라가 한복을 입고 절을 할 정도로 순진하다고, 아니 어리숙하다고 할 수 있었습니다. 육아에는 정말 무지했습니다. 형제자매가 아이를 낳아 가까이에서 육아를 지켜본 것도 아니었고, 지인의 경험담을 듣는다고 들었지만 제대로 이해했는지도, 흘려들었는지도 모르겠습니다. 물론, 누군가의 육아를 보고 듣는다고 해서 제대로 이해할 수 없는 게 엄마가 되는 과정이었겠지만요. 출산 경험부터도 그렇습니다. 《굴욕 없는 출산》에서 저자는 출산은 몸소 겪기 전까지는 절대 완성되지 않는 이야기라며 '출산 이후에야 출산을 알게 된다'라는 표현이 가장 정확하다고 말합니다.

우리 모두에게는 각자의 이상적 자기와 당위적 자기가 있습니다.

아이는 예쁜데 자꾸 눈물이 나요

'나는 내 엄마와 다르게 아이를 키울 거야'라는 부모를 향한 원망과 서운함에서 비롯한 다정하고 수용적인 자기, '나는 공부를 못해 힘들었으니 아이는 잘 가르쳐서 성공시킬 거야'라는 이상적 자기, '엄마라면 강해야 하고 모든 것을 수용해야 해'라는 당위적 자기 등. 또한, 스스로 만든 게 아니라 사회와 문화가 '엄마'라는 역할 자체에 수많은 세월에 걸쳐 투영한 이상적이고 당위적인 기준도 있습니다. 그냥 존재하는 정도가 아니라, 마치 '엄마'의 역할이 이상화의 결정체라고 볼 수 있을 정도로 가득합니다. "어떻게 엄마가! 엄마라는 사람이"라는 말부터 "엄마도 사람인데"라는 말까지 엄마는 평범한 사람 이상의 다른 존재라는 인식이 깔려 있습니다.

《소녀는 어떻게 어른이 되는가》의 저자 레이철 시먼스(Rachel Simmons)는 '여성들은 특히나 모든 것에 있어 완벽해야 하고 잘해야 한다는 기준 속에 자란다'라고 이야기합니다. 더불어 늘 뛰어나야 한다고 압박받는 사람은 언제나 자신을 부족하다고 느낄 수밖에 없으며, 잘한다는 평가를 받고 싶어 한다고 하였습니다. 이렇게 비판받거나 실패 가능성이 큰 일을 피하면서 성과 목표를 추구하다 보면 우울, 불안, 무력감이 생길 수 있으며, 성과 목표를 달성해도 행복해지는 게 아니라 더 불안하고, 타인에게 완벽하게 보이기 위한 치열함만 남을 수 있습니다. 여기에 완벽주의 성향의 엄마라면 남의 손에 아이를 맡기는 데에 대한 불안감에 휴식과 이완이 필요한 시기를 긴장과 경계 상태로 보낼 수 있습니다.

우리는 생각보다 거대한 이상적 자기 그리고 당위적 자기와 싸우고 있는 것인지도 모릅니다. 내가 만들어낸 것 이상으로, 거대하게 문화와 역사가 형성해 온 이상적이고 당위적인 엄마의 이미지와 함께.

아이는 예쁜데 자꾸 눈물이 나요

1. 갓 엄마가 되었던 때의 기억을 글로 적어볼까요.

2. 기존에 '엄마'라는 말을 들으면 어떤 이미지가 떠올랐나요?

3. 어떤 엄마가 되고 싶었나요?

4. '되고 싶었던 엄마'라는 이상이 현재 엄마의 역할에 영향을 주었나요? 있다면 어떤 영향을 주고 있나요?

5. 지금 모습 그대로, 현재 엄마로서 잘하고 있는 점을 하나씩 구체적으로 적어봅시다.

글로 배운 모자동실

모자동실을 써야 한다고 글로 배웠지만, 저는 병원 시스템에 의해 자연스럽게 모자동실을 쓰게 되었습니다. 모자동실을 쓴다는 건 그저 아이와 살을 맞대고 함께 있는 게 아니라 그때부터 온전히 엄마가 아이를 돌보기 시작한다는 뜻입니다. 그러니까 기저귀를 갈 줄도 모르고 수유해 본 적도 없고, 출산 전까지 받던 최고의 배려와 대우를 지속해서 받길 원하던 제가 숨 쉬고 누워서 우는 것밖에 할 줄 모르는, 매 순간 돌봄을 받아야 하는 갓 태어난 아기를 돌보기 시작한다는 말이지요. 갓 태어난 심리적 신생아와 같은 엄마가 실제 신생아를 돌보는 셈입니다. 지치고 혼란스러운 상태로 누워 있는데 남편이 아이를 사랑스럽게 바라봅니다. 제가 상상한 장면은 저 역시 그 옆에서 아이를 사랑스럽게 바라보고 눈을 맞추며 흐뭇해하는 장면이었습니다. 그러나 현실은 오랜 진통으로 요의를 느끼지 못해 소변 줄을 찬 상태였습니다. 요도를 통해 배출되지 못한 빨간 피가 섞인 노란 소변이 투명한 비닐에

아이는 예쁜데 자꾸 눈물이 나요

담겨 누구나 볼 수 있게 공개되어 있었고, 그 소변 줄과 비닐 팩은 제가 가는 어디든 따라다녔습니다. 엄마가 되는 과정에 모유도, 분유도 아닌 투명한 비닐 팩을 통해 비치는 '내' 소변이 있을 줄 누가 알았겠나요?

아이에게 젖을 물리자 당혹감과 자랑스러움이 동시에 느껴졌습니다. 책에서 말하는 대로 그 소중하고 필수적이라는 초유를 먹이는 게 이런 거구나 싶었습니다. 남편 앞에서 가슴을 아무렇지 않게 통째로 내놓습니다. 간호사가 들락날락하며 제 가슴을 이리저리 눌러보고, 저도 이리저리 아이의 입과 유두의 각도를 맞춰보며 제 가슴을 수유 기관으로의 역할에 충실하게 합니다. 잠자리에서조차 한 번에 내보이지 않고 야릇하게 드러내고자 했던 그 가슴을, 이제는 그 어떤 가림도 없이 통째로 내놓습니다.

출산하느라 흘린 땀을 채 씻지도 못하고, 초췌한 맨얼굴에 기름진 머리를 질끈 묶은 상태, 가슴을 내놓기도 하고, 소변 줄을 가릴 수 없는 상태. 거기에 대형 패드를 해도 새 버리는 오로로 임부복이 물들었습니다. 제 몸에서 피 냄새와 땀 냄새, 젖 냄새가 나는 것 같습니다. 수치, 수치심이 감돕니다. 고생했다고, 애썼다고, 자랑스럽다고 들은 것 같은데 부족한 기분입니다. 아이를 사랑스럽게 바라보는 남편의 시선이 멀게 느껴집니다. 여성주의적 관점이나 요즘 시대에는 조금 뒤떨어지는 이야기일 수 있지만, 이것이 제가 주관적으로 느낀 그대로라는 것을 부정할 수 없습니다. 여성의 몸을 대상화하여 바라보는 시선을 답습한 산물도, 주체적인 한 사람으로 그저 존재하는 저 자신도 모두 제

안에 있습니다. 중간자로서 처음 겪는 제 몸의 낯선 경험 속에서 그저 '속상했다, 당혹스러웠다, 나의 젖가슴으로 아이에게 젖을 먹인다는 사실이 자랑스럽고 기쁘고 행복했지만, 그 모습을 보이는 것은 부끄럽고 낯설었다' 등의 감정이 솔직한 제 감정입니다.

마냥 기쁘고 환희와 감사에 찬, 이상적으로 그리던 첫 만남의 순간이 아니었다는 것입니다. 그리고 이제야 비로소 그런 경험 자체를 있는 그대로 받아들이고 말할 수 있게 되었습니다. 평가나 판단에 대한 두려움 속에서도 정확히 내 감정을 이야기하는 것 자체가 치유와 강해짐의 시작이라고 생각합니다.

엉덩이를 바닥에 대고 앉는 것이 이렇게 고통스러운 일이 될 줄 몰랐습니다. 도넛 모양의 회음부 방석이 없으면 비명을 지르며 침대에 앉아야 합니다. 아기의 부름에 달려갈 때면 소변 줄, 도넛 방석, 수유 쿠션 등 챙길 게 너무나 많습니다. 손은 두 개인데 마음은 바쁩니다. 순식간에 바뀌어 버린 내 정체성에 적응하기 위한 시간, 놀람과 당황스러움, 어려움과 슬픔을 누군가와 이야기 나눌 새 없이 아이에게 집중하고 처음 만나는 엄마라는 역할을 자연스럽게 해내야 합니다. 숨고 싶고, 쉬고 싶고, 묻고 싶고, 울고 싶은 상태에서 괜찮은 것처럼, 익숙한 것처럼, 능숙한 것처럼, 예상한 것처럼.

그리고 아이와의 첫날 밤을 맞이합니다. 공부했으면 제대로 공부할 것이지 겨우 젖 몇 번 물리고는 배불러 하는 걸로 착각하다니요. 밤

아이는 예쁜데 자꾸 눈물이 나요

새 우는 아이를 이리 안아 보고, 저리 안아 보고, 자장가를 부르고, 무한 반복되는 백색소음도 틀어 봅니다. 출산 후 심경은 우울이라기보다는 굉장한 예민함이었습니다. 누군가의 말 한마디 한마디가 짜증스럽고 서운하게 다가왔습니다. 최고치의 기대감과 최고치의 책임감이 있었기에 아기의 모든 것을 직접 결정하고 싶었지만, 조리를 도우러 오신 친정엄마에 의해, 간호사에 의해 많은 것이 결정되거나 부정되거나 순식간에 흘러 버렸습니다. 분명히 책에는 분유를 조금이라도 먹이면 완전 모유 수유가 어렵다고 했는데, 아이는 제 의사와 상관없이 분유를 보충받았습니다. 그렇게 '모유량이 부족하므로 완전 수유를 하고 싶다면 울 때마다 계속 물려야 한다'라는 내용은 잊고, '한 번이라도 분유를 먹이면 완모가 어렵다'라는 부분에만 주의를 기울였습니다.

그리고 모유를 위해 반드시 먹어야 하는 것은 사발에 담긴 미역국. 나를 위해서가 아니라, 젖을 위해서. 하나같이 "국을 남기지 말아라. 잘 먹어라" 합니다. 몸과 마음도 내 통제를 벗어나고 있는데 먹는 것까지 그렇습니다. 미역국을 남기는 것마저도. 스스로 선택할 수 있는 게 없는 기분입니다.

다른 관점으로 읽어 볼까요?

　한낮의 방에서 상반신을 훤히 내놓고 수유를 하는 것에 아무런 부끄러움도 없었는데, 생각해보면 소타가 태어난 순간부터 부끄러움이라고는 한 번도 느끼지 않았던 것 같기도 하다. 모든 것이 스위치가 전환되듯 일상이 되었다. 때때로 길거리나 백화점을 걷다가, 혹시 지금 자신이 가슴을 내놓은 채 돌아다니고 있는 건 아닌지 문득 불안해져서 가슴을 확인할 때가 있다. 물론 옷은 제대로 입고 있었지만, 그만큼 유키 안에서 가슴은 감추지 않으면 안 되는 것이라는 인식이 희미해졌다.

　이렇게 되고 보니, '공공' 장소에서의 모유 수유를 둘러싸고 논란을 벌이는 것이 진심으로 어리석게 느껴진다. 수유는 지극히 당연한 일이니까. (중략) 똑같은 몸인데, 성적으로 보이거나 그렇지 않거나 하는 것이 신기하다. 지금 어떤 의미에서는 가슴도 유두도 성기도 아이를 낳기 위한, 키우기 위한 신체 부위에 불과하다. 아이를 낳고 유키는 성적이지 않은 자신의 몸을 알게 되었다. 스스로 그 감각을 깨치고 있는 것은 매우 안심되는 일로, 이제는 외부로부터 아무리 성적인 시선을 가진 사람들의 문법을 적용 당해도 딱히 개의치 않는다. 젖을 물린 쪽의 반대쪽 가슴 안쪽이 찌릿하다. 마치 양쪽 가슴이 서로 영향을 주는 것인가 싶은 느낌이 매번 있다. 인체의 신비. 몇 번이나 느꼈는지 모를 감동을 유키는 또 느낀다.

_마쓰다 아오코, 《지속가능한 영혼의 이용》 중에서

준비물이 틀렸어

출산 전 가장 신중하게 마련한 건 겉싸개였습니다. 5월에 태어날 아이를 위해 분홍빛 밤부 소재 겉싸개를 골랐습니다. 그 겉싸개로 싼 아기를 소중히 안고는 조리원으로 이동하기 위해 차로 향합니다. 손목 보호대를 차고 발목을 덮는 긴 양말을 신고서는 배운 대로 아기를 카시트에 태웁니다. 겉싸개 사용은 그걸로 끝. 고심해서 고른 겉싸개가 이렇게 잠시 쓰이는 것이었다니. 나중에야 알게 되는, 고심해야 할 것과 고심하지 않아도 될 것, 준비할 것과 준비하지 않아도 될 것들의 뒤바뀐 순서, 뒤엉킨 비중은 그것에 한해서만은 아닐 것입니다.

나는 무엇을 검색해야 했던가. 무엇을 묻고 준비했어야 했던가. 나는 한 생명이 온다는 것을 어째서 동화 속 한 장면 같은 환상으로만 여겼던가. 나들이 나온 가족들의 사진 한 컷 같은 장면만 보고 그게 육아의 전부라고 생각한 건 아닌가. 그 극히 짧은 순간이 지난 뒤, 집으로 돌아가고 난 뒤의 수많은 시간에 대해 어째서 한 번도 상상해보지 않왔던가.

등교했는데, 오늘 다시 집에 돌아갈 수는 없는데, 준비물이 완전히 틀렸습니다. "엄마. 나, 이거 놓고 왔어"라고 전화하면 되었던 건 과거입니다. 이제 누구에게 전화하지요? 다시는, 다시는 집에 돌아갈 수가 없으니 수업 시간 준비물은 바로바로 마련해 나가야 합니다.

　　불안할 때는 생각에 머물기보다 내가 발 디딘 땅의 느낌, 내 몸이 의자나 바닥에 닿은 느낌, 내 눈에 보이는 것들 등의 감각에 집중하면 진정에 도움이 됩니다. 길게 내쉬는 호흡 또한 도움이 될 수 있습니다. 나를 진정시킬 수 있는 것들을 적어봅니다.

보기:

듣기:

맡기:

하기:

닿기:

맛보기:

조리하러 간 거야,
울러 간 거야

조리원에 도착하여 우울이라고 할 만한 감정이 본격적으로 증폭되었습니다. 출산 이후 줄곧 혼자 있고 싶었기에 혼자 쉴 수 있는 방을 만나서 기뻤지만, 아기를 신생아실에 맡기고 오면서 갑자기 신파극을 찍었습니다. "엄마 다녀올게… 미안해… 어흑흑흑흑…" 저는 그날 이후로 아이에게 미안하다는 말을 달고 살았습니다. 직접 돌보아야 한다는 당위를 따르지 못함에 불안과 죄책감이 유발되었습니다. 내가 온전히 아이 곁에 있고 싶다는 소망과 책임감, 당위성이 강한 나머지 잠시 아이를 조리원 신생아실에 맡기는 것마저도 편치 않습니다. 산후 우울에 자주 등장하는 감정이 '죄책감'입니다. 어느 것이 먼저고 나중이랄 것 없이 저는 우울의 늪에 빠지고 있었던 것입니다.

산후 보약을 지으러 한의원에 다녀오기로 합니다. 저는 손목 보호대와 종아리까지 올라오는 긴 양말을 신은 그대로 남편의 손을 잡고

아이는 예쁜데 자꾸 눈물이 나요

밖을 나섰습니다. 5월의 거리에는 따스한 햇볕이 쏟아지고 있었습니다. 문득 남편을 보았습니다. 민트색 카라티에 연한 청바지가 어찌나 산뜻해 보이던지요. 머리를 하나로 질끈 내려 묶고 온몸을 꽁꽁 싸맨, 맨얼굴의 제 모습이 갑자기 부끄러워집니다. 남편의 손을 잡고 걷고 있지만, 불안합니다. 민소매의 수유복과 팬티 안에는 패드가 붙어 있습니다. 어쩐지 어깨가 펴지지 않습니다. 거리에는 봄이 만개했는데 저만 겨울입니다. 며칠 전까지만 해도 익숙했던 거리가 이제는 뭔가 다르게 보입니다. 나는 그곳에 속해 있지 않고 관찰자와 방문자가 되었습니다. 잠시 나왔을 뿐, 다시 돌아가야 할 뿐.

　진맥을 받고 문항에 응답하는 등의 몇 가지 검사를 마치고 한의사 앞에 앉았습니다. "지금 스트레스 지수가 높다고 나왔어요" 이 말에 또 눈물이 쏟아집니다. 내 마음을 알아주는 것 같은 생각에. 남편이 조금 놀라고 걱정스러운 얼굴로 내 얼굴을 바라보아 한편으로 안도가 됩니다. 내 마음을 말할 수 있을 것 같은 기대에. 내가 이만큼 힘들어하고 있다고 말할 수 있게 되어 반갑지만, 무엇 때문에 어떻게 힘든지는 말하기 어려워 그저 눈물만 흐립니다. 어쨌든, 세상은 나만 빼고 봄입니다.

내가 여전히 예쁜가요?

조리원에 있는 동안, 집에서 혼자 자게 된 남편이 저녁에 약속이 있다고 합니다. 저렇게 산뜻하게 입고 친구들을 만나러 간다고 합니다. 모든 것이, 곁에 있던 것들이, 떠나 버릴 것 같습니다. 괜찮다고 했는데 눈물이 나고, 혼자 있고 싶다고 했는데 외롭습니다. 남편은 어쩔 줄을 몰라 일찍 돌아왔지만, 저 또한 무엇을 어찌하고 싶은지 알 수가 없습니다.

저는 전화로 남편에게 상상할 수 없던 모습으로 조리원 방 안에 틀어박혀 있는 것에 관해 이야기합니다. 소변 줄을 꽂고, 피를 흘리고, 부유방이 나오고, 아기를 낳고도 여전히 배가 들어가지 않은 내 모습. 며칠 사이에 몇 년은 늙어 버린 것 같은 통통 부은 내 모습. 그리고 총각처럼 보이는 당신이 떠나 버릴 것 같다고 이야기합니다. 남편이 지금의 모습도 예쁘다고, 언제나 사랑한다고 말합니다. 아니, 오히려 지금이 더 아름답다고, 아이에게 젖을 물리고 다정하게 아기를 돌보는 모습이 자랑스럽다고 말합니다. 그 말이 진실이라는 걸 알지만 불안과 두려움, 혼란스러움이 가시지 않습니다. 그래도 듣고 싶던 말임에는 분명했기에 비로소 전화기를 놓을 수 있었습니다.

'아기를 낳았는데 내가 왜 이러지? 행복해야 하는 건데 왜 자꾸 눈물이 나지? 호르몬의 영향일까? 뭔가 이상해⋯' 문득, 출산하고 조리원으로 들어간다고 했을 때 얘기할 사람이 필요하면 전화하라던 나이 지긋하신 육아 선배가 떠올랐습니다. 이 시기가 무엇인지는 몰라도 말할 사람이 엄청나게 필요해지는 시간이긴 하구나 싶었습니다. 그러나 전화할 수는 없었습니다. 날것의 오열을 쏟아내면서도 그 울음의 이유를 말하긴 어려웠기 때문입니다. 누군가를 감정의 쓰레기통으로 삼게 될까 두렵기도 했습니다. 그저 이 시기에 지인도 누군가와 무척 이야기하고 싶었다는 것, 나만 그런 게 아니라는 것으로 위안 삼았습니다.

엄마로서의 나만 남다,
몇 점 엄마로?

당시의 일기 -라기보다 아기 수첩의 기록- 를 보면 '잘 먹었어요, 빠는 게 귀여워요, 먹다가 잠들었어요, 수유 자세가 좋아졌대요' 등 온통 모유 수유와 아기의 수면, 몸무게 이야기로 가득합니다. 나라는 존재 안에 들어온 새 생명에 대한 사랑과 관심으로 내 안을 가득 채웠습니다. '난~ 사랑에 빠졌죠~ 나밖에 모르던~ 그 못된 내가~ 나보다 그댈 생각해요~' 하는 오래된 대중가요 가사가 늘 떠올랐습니다. 눈뜨면 아기가 잘 있는지 보러 가고, 어설프지만 젖을 물리고, 몇 번 빨지 못하고 잠이 들면 귀를 살짝 잡아당기거나 발을 간지럽혀 깨웠습니다. 배고프다고 불러놓고 세상모르게 잠든 아기의 통통한 볼이 귀여워 한참을 바라보고, 이리저리 사진을 찍고, 그 사진을 여기저기 보내고, 방에 돌아와서는 또 기록을 남깁니다. 그러고는 하트와 느낌표 속에 생략된 혼돈과 불안을 봅니다.

아기가 잘 먹으면 안심하고, 잘 먹지 못하면 불안합니다. 별일 없이

아이는 예쁜데 자꾸 눈물이 나요

건강하면 안심하고, 아이의 피부, 배꼽, 변의 상태와 수면에 이상이 있어 보이면 불안합니다. 수유 자세가 잘 잡혀가고 모유량이 느는 것 같으면 뿌듯하고, 아이가 배불리 먹지 못하는 것 같거나 젖을 편하게 물지 못하면 혼란스럽습니다.

아기 수첩은 떡하니 두 칸으로 나뉘어 있습니다. 한 칸은 아기의 컨디션을, 한 칸은 엄마의 육아 점수를 적는 란입니다. '내가 왜 점수를?' 딴에는 반발해 보지만 가소롭습니다. 부지런히 내가 엄마로서 역할을 잘했는지 못했는지, 아이의 요구와 발달에 맞춰서 성장하고 있는지 아닌지에 대해 적고 있었으니까요. 육아에 대한 엄마의 역할을 규정하는 문화적 프레임일 것입니다. 여기에 엄마의 기분을 적는 란이 더 있었다면 어땠을까요? 아빠의 역할에 대해 기록하는 란이 더 있었다면 어땠을까요? 여전히 챙김을 받기를 바라는 투정처럼 들릴까요? 엄마의 기분이 아기의 기분에 영향을 미친다면서 기분 한 번 돌아보게 하는 것이 과한 기대는 아니겠지요. 육아를 점수로 평가받아야 할 성과적인 수행처럼 여기게 하고, 엄마는 그것을 해내는 유일한 행위자가 되어 평가받는 것보다는요. 그래서 누가 물어주지 않는 제 기분에 대해서도 적기 시작했습니다.

공교롭게도 둘째 날부터 등장한 단어는 '열등감'입니다. '혼자 수유해 보니 잘되었다. 그러나 아기가 왜 우는지에 대한 감은 떨어졌다'라고 적혀 있습니다. 엄마가 된 지 일주일이 채 되지 않은 사람에게 떨어질 감이 어딨다고 감이 떨어졌다고 했을까요? 밥 먹을 시간이 된 것 같으면 젖을 물리고, 먹다가 자면 졸린가 싶어 재웠기에 그것을 '감'이라고 생각한 것 같습니다. 그런데 문제는 그 감이라는 것을 아이의 컨디션에 맞추는 게 아니라 머리로 가져오기 시작했다는 것입니다. 육아서적에서 아이가 배고파서 우는 울음과 졸려서 우는 울음의 소리가 다르다고 본 적이 있어서, 그 울음소리를 구별하려고 무던히 애썼으나 알수가 없었습니다. 우렁차고 화내는 듯한 울음은 배고픔? 길게 빼며 짜증스럽게 울면 졸림? 법칙을 만들려고 하니 꼬이기만 했습니다. 아이와 마음과 몸으로 연결되려 하기보단, '틀리지 않으려고' 애썼습니다.

기출문제의 정답 맞히기에 익숙해진 우리, 성공과 실패, 잘하고 못하고 등의 이분법에 익숙해진 사회에서 여성들은 엄마의 역할에서도 정답을 맞히고 성공하고 잘하기를 바랍니다. 비교도 합니다. 학교와 사회에서 비교하고 비교당하던 습관이 엄마가 되었다고 순식간에 사라지지 않습니다. 조리원에서 엄마들끼리 둘러앉아 수유하노라면 세상여유 있는 자세로 젖을 물리는 엄마도 있고, 세상 힘차게 젖을 빨고 잘자는 아기도 있습니다. 그리고 아기를 받아드는 자세부터 엉성하고 아기 입에 젖을 물리는 각도부터 헷갈리는 엄마와 잠들었다가 금세 깨서우는 아기도 있습니다. 이를 반복하면 어느새 엄마들은 다른 엄마와 나를, 내 아기와 남의 아기를 비교하기 시작합니다. 대놓고 경쟁하는 게 아니라, 은근한 부러움에 "나는?" 하고 자문하는 식입니다. 부지런

아이는 예쁜데 자꾸 눈물이 나요

히 유축해 아이에게 모유를 먹이는 엄마와 유축에 게으른 나를, 모유량이 많은 엄마와 집에 돌아가면 아이가 충분히 먹을 수 있는 모유량인지 걱정하는 나를 하나하나 비교하면서 엄마로서의 자질을 자평하기 시작합니다. 그것은 모유량이라는 물리적이고 가시적인 것부터 여유로운 자세와 능숙한 태도 등 측정이 어려운 지표까지 이어져, 최종적으로는 '모성'이라는 지점으로 연결됩니다.

나라는 사람으로 가득했던 작은 마음에 크고 벅찬 존재가 들어서자마자 나라는 존재가 설 자리를 잃어가고 있었습니다. 공존하는 법을 몰랐으며, 내 모성의 크기와 발휘에 관한 또 다른 레이더가 생겼습니다. 엄마의 역할을 잘하고 있는지 아닌지가 내 존재의 평가 기준이 되어갔습니다.

모성이라는 무게 아래

제 책장에는《아이를 잘 키운다는 것》,《엄마 심리 수업》,《부모의 양육태도와 아동의 성격장애》와 심지어《복수당하는 부모들》이라는 책이 꽂혀 있습니다. 육아란 엄마가 배워서 잘해야 하는 것, 양육 태도가 어긋났다가는 아이의 성격장애를 초래하거나 아이에게 복수를 당할 수도 있는 것처럼 느껴집니다. 조리원에서 추천받아 읽은 책은《엄마 수업》과《하루 3시간 엄마 냄새》입니다. 양육 초기에 엄마가 아이들 곁에 있어야 한다는 것을 강조하는 내용입니다. 엄마의 중요성, 양육 태도의 중요성은 인간의 발달과 성장에 부정할 수 없는 중요한 요소입니다. 그 중요성을 잘 알기에 아이를 잘 키우도록, 아이를 잘 이해하도록 그간 부모 상담을 해 왔고 저도 초기 양육은 제 손으로 하겠다고, 하루 3시간은 엄마 냄새를 충분히 맡게 하겠다고 다짐했습니다. 그러나 그 중요성을 알리는 것과 엄마가 된 한 여성이 그 무게에 짓눌릴 수 있다는 것은 다른 문제였습니다.

아이는 예쁜데 자꾸 눈물이 나요

배부른 소리라 해도
어쩔 수 없어

친정에서의 조리가 시작됩니다. 그러고 보면 참 복이 많아 누릴 수 있는 조리란 조리는 다 누렸던 저입니다. 저처럼 복을 누릴 수 있는 분도 있고, 아닌 분도 있을 테지만, 이런 상황에 산후 우울이라니 참 팔자도 좋습니다. 처음에는 이런 제가 산후 우울에 관해 이야기해도 되는지 의심했습니다. 배부른 소리가 아닐까. 그러나 이는 반대로 말하면 '그 모든 것이 충족되어도 산후 우울을 겪을 수 있다'라는 말이 됩니다.

보호자가 있어도 진통은 오로지 혼자 겪었습니다. 조리원에서 부지런히 수유하고 밤에 수유할 수 없으면 유축해서라도 먹였습니다. 돌봄과 지원을 받아도 육아의 주체가 되어 아이와 붙어 있던 것이 나라는 사실은 분명합니다. 그리고 그 기간에 행복함과 벅찬 감동, 황홀함과 감탄, 사랑과 신비로움을 느꼈지만, 의지와 상관없이 가슴이 툭 내려앉았거나 눈물이 나고 죄책감과 불안감에 시달린 것도 부정할 수 없는 사실이며, 이러한 감정을 오롯이 겪어낸 것도 나입니다. 감정에 자격을 논할 수 있을까요? '너 정도면 행복한 거야'라고 타인의 감정을 예단할 수 없듯이, 자신에게도 마찬가지입니다. '네가 힘들다면 힘든 거야. 슬픈 마음이 든다면 슬픈 거야. 행복한 동시에 그렇지 않을 때도 있다면 그런 거야. 고맙기만 한 게 아니라 버겁기도 하다면 그런 거야. 그럴 수 있는 거야. 충분히 그런 거야…'.

충격적이었습니다. 아이가 그냥 자는 게 아니라 재워야 잔다는 사실이요. 잠투정도 했습니다. '언제까지… 한 2년, 3년? 5년? 언제면 스스로 자는 거야? 잘 때마다 이렇게 매달려 있어야 하는 거야? 아기가 울 때마다 나 혼자 수유를 하네? 이게 완모의 실체였구나. 남편에게 도와달라고 하고 싶어도 뭘 도와달라고 해야 할지 알 수가 없어. 그럼 외출은? 밖에서 수유해야 하는 거야? 친구가 입었던 수유복이 그래서 있던 거구나. 이 망토 같은 거, 이걸 살까? 왜 이렇게 온몸이 계속 땀에 절지? 너무 씻고 싶은데, 씻을 시간이 없어. 오로는 언제까지 나오는 거야? 늘 온몸이 축축하고 찐득해. 아기는 계속 보채. 이렇게 안으면 되는 거야? 아니면 이렇게? 아까는 이렇게 안고 흔드니 잘 잤어. 그런데 이번엔 왜 안 자는 거야? 재우자마자 얼른 씻으러 가는데, 씻을 땐 환청이 들려 제대로 씻을 수가 없어…' 아이를 키우는 동안 이런 생각들로 끊임없이 혼란스러웠습니다.

아이는 예쁜데 자꾸 눈물이 나요

울음과 그림자

조리원 생활이 끝나고 친정으로 향했습니다. 친정엄마가 일을 하셔서 낮에는 친정 아빠와 저, 아기가 함께 생활했습니다. 주로 아빠는 거실에, 저와 아이는 안방에서 있었는데, 아기의 울음이 길어지면 아빠의 눈치가 보였습니다. 왠지 아빠에게 한소리 들을 것만 같았지요.

어릴 때 잘 울어서 씩씩하지 못하다는 소리를 종종 듣고는 했습니다. 뒤에 앉은 친구가 괴롭혀서 울고 있는데 선생님께서 "너처럼 잘 우는 아이는 본 적이 없다"라고 고래고래 소리 지르신 적도 있고, 엄마에게서는 "네가 자꾸 이렇게 울면 부끄럽다"라는 말을 듣기도 했습니다. 그래서인지 아기의 울음이 아기의 언어라는 걸 알면서도 울음소리를 들으면 긴장되었습니다. 아기가 무슨 말을 하려는 건지 알아보려 하기보다 '얼른 울음을 멈추고 싶어. 울음소리가 계속되는 건 민폐야' 싶어 목뒤가 뻐근해지고 조바심이 났습니다. 아기가 울 때마다 아기를 이리 안아 보고 저리 안아 보았습니다.

조리원에서는 먹고 나면 바로 잠들었던 아기가 그새 조금 컸다고 놀기도 하고 보채고 잠투정도 부립니다. 젖을 물리기도 하며 끙끙대지만 여전히 잠들지 않는 아기. '내가 방법을 모르는 건가, 졸리지 않은 건가?' 싶다가 아기가 잠들면 그렇게 뿌듯하고 신기할 수가 없었습니다. 아기가 울 때마다 고군분투하는 저를 보고 친정 아빠도 육아에 참여하기 시작하셨습니다. 안아 보기도 하고 재워 보기도 하며. 그렇게 우리는, 공동육아를 해 나갔습니다. 그러다가 엄마가 돌아오면 긴장이 풀려 투정도 부리고 저녁밥도 얻어먹었지요. 엄마가 일하러 가지 않는 주말이면 셋이서 돌아가며 아이를 재우고, 아이가 품속에서 잠들면 "아이구, 예쁘지. 아이구, 착하지" 하며 살짝 내려놓았습니다. 잠든 아기의 얼굴을 한참 바라보며 미소 짓기도 하고 혹시나 깰까 봐 숨죽이기도 했습니다. 그러다가 아기가 다 자고 일어나면 화기애애해졌습니다. 안 자면 왜 안 자는지, 안 먹으면 왜 안 먹는지 육아에 대해 의논할 사람들, 이야기할 사람들이 늘 곁에 있었습니다. "아기 안 춥냐, 덥게 키우지 마라. 가제 손수건으로 잇몸 닦아 줘라" 티격태격도 하면서요. 그렇게 제 첫째 아이를 친정 식구들과 조심스럽고도 극진한 육아, 함께하는 육아를 해 나갔습니다. 대나무 장판, 부채, 쪽으로 물들인 이불, 아기 침대와 메시 소재 옷. 마치 여름방학처럼 기억되는 나날입니다.

최대한 아기에게 맞춰 주시는 부모님을 보며 저도 이렇게 컸겠구나 싶었습니다. 물론, 조부모님은 "키울 때는 힘들어서 예쁜 줄 몰랐는데

아이는 예쁜데 자꾸 눈물이 나요

손주는 그게 아니네. 다 한때다. 이 시절도 그리울 거야"라고 말씀하십니다. 그래도 육아에 대한 기본적인 태도는 같을 것입니다. 예를 들어, 좌절에 관한 것이나 눈물에 관한 것. 우리에게는 아기에게 좌절은 주어서는 안 되는 것이고 울음은 당장 달래야 하는 것이었습니다. 저 또한 풍족하고 안전하며 편안한 환경에서 자랐습니다. 그래서 밝고 긍정적이었습니다. 그러나 어리숙하고, 자기주장을 하거나 부정적 정서 표현에는 어떤 금기 같은 것이 있었습니다.

아빠와 슬픈 영화를 보다가 물어본 적이 있습니다. "아빠도 저런 영화 보면 슬퍼요?" 아빠는 평생을 공직에 계시며 늘 타인의 안녕을 최우선으로 생각하신 분입니다. 근엄한 집안, 나이 차가 많이 나는 형제자매들 사이에 막내였던 아빠, 늘 스스로 괜찮다고 말씀하시는 아빠셨습니다. 이런 아빠도 인간인데, 아빠 안에도 아픔, 슬픔, 외로움, 나약함이 없었을까요? 아빠가 유독 아기의 울음소리에 불편함을 느끼는 이유를 조금은 알 것 같습니다.

융(Carl Gustav Jung)의 분석심리학에서는 우리의 무의식 속에 나도 모르는 또 하나의 내가 있다고 가정합니다. 인간은 지구와 같이 둥근 여러 측면을 갖고 있는데, 의식이 한쪽 면만을 강하게 조명하면 그 반대편은 짙은 어둠이 생기게 됩니다. 예를 들어, '나는 아주 도덕적인 사람이야'라고 한쪽 측면을 강하게 조명하면, 그 반대편에 존재하는 짙어진 악이 자신을 드러낼 기회를 엿보다가 엉뚱한 때에 튀어나오는 것입니다. 차라리 '나에게는 선한 측면도 있고 악한 측면도 있어'라며 악을 인정하면 조명되는 밝기가 비슷할 것입니다. 악의 존재를 의식하고 인정하는 것이 두렵고 자존심이 상할 수 있지만, 악을 인정한다고 바로 악행을 저지르는 것은 아닙니다. 오히려 악행의 가능성을 인지할 때 더 조심스럽게 행동하고, 타인을 이해할 수 있게 됩니다. 이렇게 우리 의식의 뒷면에 존재하는 열등한 인격 같은 것, 의식될 기회를 잃고 남아 있는 심리적 경향을 '그림자'라고 합니다.

그림자가 자신을 알리는 또 다른 흔한 방법은 '투사'입니다. 내 안에 그것이 없다고 생각하지만, 여전히 남아 있기에 외부로 던져지는 것입니다. 이유 없이 유난히 얄밉고 불편한 상대가 있다면 그림자를 돌아보세요. 힌트가 될지 모릅니다. 내 안의 잘난 면은 보지 않고 스스로 열등하다고만 생각해서 잘난 척하는 사람을 보면 괜히 얄밉다든지, '나는 도덕적인 사람이야'라고 생각하는데 공중도덕을 슬쩍 어기는 사람을 보면 필요 이상으로 화가 나고 비난하게 된다든지. 즉, 내 안에 나약함이 없고 슬픈 마음이나 힘듦이 없다고 생각할수록 그것들은 어두운 그림자가 되고, 징징대는 사람, 우는 소리, 힘들어하는 사람을 보면 그림자가 반응할 수 있는 것입니다.

무의식은 자아가 무의식을 경시하고 그것과의 대면을 피할 때, 자아로 하여금 그것을 보지 않을 수 없도록 자극함으로써 무의식의 경향을 의식화할 수 있는 '기회'를 자아에게 준다.

_이부영, 《그림자》 중에서

아이는 예쁜데 자꾸 눈물이 나요

저의 그림자는 제가 모르는 새에 형성해 간 '출산은 행복한 일이다, 육아는 거룩한 일이다, 어머니는 강하고 성스럽다, 나는 좋은 엄마여야 한다'라는 어머니에 대한 상과 관련해 있습니다.

저는 상담사로서의 성장과 개인으로서의 안정을 위해 3년간 무의식을 의식화하는 작업인 '꿈 분석'을 받았습니다. 내담자의 이야기를 저의 틀로 해석하는 오류를 범하지 않기 위해 나를 먼저 이해하는 과정으로, 당시에는 제 무의식에 이런 그림자가 있을 거라고는 생각하지 못했습니다. 임신 직전에 꾼 꿈에서는 고양이 떼가 나와 복슬복슬한 털과 풍만한 몸집을 자랑했습니다. 꿈의 상징에는 대체로 오랜 세월 집단적으로 상징해 온 '원형'이 존재하며, 개인적이고 상황적인 변화로 인한 것도 있습니다. 당시 제 꿈에서 고양이는 모성을 상징하고 있었습니다. 모성이 싹터 크게 자리 잡은 상태였고, 엄마의 역할이 중요하다는 걸 배워 열심히 준비한 터라 엄마로서의 미숙함, 실제 출산과 육아에 대한 무지, 한 개인으로서의 욕구와 감정이 그림자가 되어간 것입니다.

낮과 밤, 추위와 더위, 아름다움과 추함, 밝음과 어두움, 생명과 죽음, 기쁨과 슬픔, 젊음과 늙음… 자연적인 모든 것은 양극이 있고, 또 양극 사이에 과정들, 중간들이 있습니다. 그리고 이 양극은 서로 밀접한 관계가 있습니다. 죽을 뻔한 뒤에 생명이 더욱 소중해지고, 동트기 전의 어둠이 가장 짙은 것처럼, 양극은 서로를 떼어 놓고 생각하기 어렵습니다. 그러므로 한쪽을 강조하고 다른 쪽을 외면하려 하면 할수록, 그 나머지 측면은 더 짙어지고, 더 튀어나오고 싶어 하겠지요.

의식이 모성과 사랑만을 알아차리고 강조할 때 오히려 무의
식에는 이와 반대의 마음이 고개를 내밀고 있지 않을까 생각합
니다. 이타적인 마음 이면의 이기적인 마음. 누군가를 돌보는 데
에만 치중하는 것이 아니라 자신 또한 돌보아야 한다는 것을
의미할 것입니다.

— 바바라 아몬드, 《어머니는 아이를 사랑하고 미워한다》 중에서

누군가를 돌보려는 자세만 가득했던 저에게 여전히 이기적인 욕구
가 남아 있는데 그것들은 보지 않으려 하고 눌렀습니다. 건강하게 내
욕구와 감정을 인식하고 충족하기보다 '엄마가 어떻게' 하고 외면하기
바빴습니다. 행복감 외에 슬픔이 있었고, 얻은 것과 함께 잃은 것이
있었는데, '행복해야 해, 감사해야 해' 하고 스스로 주문처럼 되뇌었습
니다. 누르면 누를수록, 울음이 커지고 나오고 싶어 한다는 것을 망각
하고.

아이는 예쁜데 자꾸 눈물이 나요

1. 요즘 자주 꾸는 꿈이 있나요? 꿈이 어떤 말을 하고 싶어 하는지 귀 기울여 볼까요?

_____

_____

_____

2. 유난히 신경에 거슬리거나 불편한 사람이 있나요?

_____

_____

_____

3. 그 사람의 어떤 특징이 나를 그렇게 느끼게 할까요?

_____

_____

_____

4. 내 안에는 그와 관련한 어떤 특징이 있는지 찾아볼까요?

_____

_____

_____

5. 내가 유난히 억누르는 감정이나, 부정하는 측면이 있는지 돌아볼까요?

_____

_____

_____

결정할 게 너무 많아

친정에서의 조리는 행복하면서도 불편했습니다. 음식이 나오고, 내가 밥을 먹을 때 아기를 돌보아 줄 분이 있다는 것은 든든했지만, 홀로 아이를 돌본 적이 없다는 불안감에 고슴도치처럼 날이 선 때가 많았습니다. 모유 수유를 하느냐 마느냐, 한다면 언제까지 하느냐, 혼합으로 하느냐 완모로 하느냐. 공갈 젖꼭지는 물릴 것이냐 안 물릴 것이냐, 수면 교육을 할 것이냐, 계속 안아서 재울 것이냐… 이 시기에 제가 가장 압도된 감정은 하나의 결정이 아주 큰 결과를 가져올 것 같은 두려움이었습니다. 빨리 단유하면 아이가 자주 아플 것 같았고, 공갈 젖꼭지를 물리면 아이의 앞니가 튀어나올 것 같았습니다. 그러니 제 선택 하나하나가 매우 엄중한 것이 되었고, 그 엄중한 것들 가운데 하나를 선택하기에는 아는 것이 너무 적었습니다. 오직 전국의 '맘'들이 모인 맘카페만이 저에게 즉각적이고 다양한 정보와 위로를 줄 수 있었습니다. 선택 하나하나가 그리 큰 영향을 미치지 않는다는 정보를 끊임없이

아이는 예쁜데 자꾸 눈물이 나요

수집하고자 애썼습니다.

어려워도 잘하고 싶고, 불안해도 엄마인 제가 결정을 내려야 할 것 같은데. 옆으로 눕혀 토닥여 재울지, 안아서 흔들어 재울지. 모유는 한쪽씩 15분 먹여야 할지, 한쪽만 15분 먹여야 할지. 한 번도 가보지 않은 길 위에 결정해야 할 것이 너무도 많습니다. 육아 선배인 친정엄마가 저를 돕는 방법은 염려하기, 지시하기, 답을 알려주기입니다. 그러나 혼합 수유를 하고 공갈 젖꼭지를 물리지 않고 키운 엄마가 해줄 수 있는 답은 정해져 있습니다. 또 엄마가 가장 중요하게 했던 것은 기저귀를 갈 때 다리를 펴주는 쭉쭉이 동작이었습니다. 그래서 저는 쭉쭉이를 하지 않을 때마다 지적을 당합니다.

자신이 향상되고자 하는 욕구가 있을 때 하는 행동으로 '비교'가 있습니다. 그중 자신보다 뛰어나다고 생각하는 사람과의 비교를 '상향 비교'라고 합니다. 그러나 연구에 따르면, 상향 비교는 타인과 자신의 차이점을 인식하게 해 더 나은 방향으로 이끌기도 하지만, 비교를 자주 경험하는 사람은 우울감이 높고 행복 수준이 낮으며, 자신을 열등하게 여겨 부정적인 자아상 형성과 미래에 대한 절망으로 이어지게 한다고 합니다. 열등감은 남과 비교함으로써 자신을 부족하고 가치 없는 존재라고 생각하는 것이므로 상향 비교가 자주 이루어질수록 상승하는 것이 당연합니다. 갑자기 연구 결과를 언급하는 이유는 위의 과정이 우울로 향하는 지름길이 되었기 때문입니다. 이제 갓 엄마가 되어

잘한다고 할 만한 게 없으니 자꾸 앞서간 사람들을 커닝하며 나를 그들보다 낮게 평가했습니다. 아이를 둘이나 낳고 키우는 친구들이 갑자기 대선배로 보입니다. 이제까지 내가 얼마나 어린애로 보였을지 부끄럽기도 합니다. '이 모든 걸 나한테 힘들다는 말 한마디 없이 다 해냈단 말이야? 말했는데 내가 충분히 알아듣지 못했을 수도 있지' 지금은 여유 있게 아이들을 대하는 친구들이 언니 같습니다. 아이를 셋이나 키운 제 친척 언니는 이 순간 가장 존경스러운 사람입니다. 이런 충격과 깨달음은 '그동안 너는 보잘것없었어. 알지도 못하면서 무슨 소리를 한 거야? 얼마나 한심하고 철없어 보였겠니?' 하며 저에 대한 평가와 비난으로 이어졌습니다. '엄청난 진통을 거쳐 출산하고 회복하고, 존재와 수면의 위기 속에서 아이를 몇 년이나 키워내고 둘째까지 낳았다고?' 문득 거기다 대고 기념일에 남자친구와 싸운 '사소한 것'을 상담하고, '배웠답시고' 부모 상담을 진행한 것 등이 스치며 나의 고유하고 정당했던 경험들을 평가 절하합니다.

비교는 육아 수행뿐 아니라 자신감이나 모성이라는 측정할 수 없는 개념에 대해서도 시작됩니다. 결정을 잘 내리는 결단력을 비교하고, 똑같이 잠을 못 자고도 활기찬 체력을 비교하고, 남편도 비교합니다. 내 남편은 밤 10시에 퇴근하는데 저 엄마는 늘 남편과 붙어 있는 것 같고, 나는 저렴한 기저귀를 쓰는데 저 엄마는 오가닉 기저귀만 쓰는 걸 보니 질투가 납니다. 그래도 하지 않았으면 좋은 것, 아기도 비교합니다. "아기 몇 시에 자요? 몇 시간에 한 번 먹어요? 몇 미리요?" 묻다

아이는 예쁜데 자꾸 눈물이 나요

가 다른 아기들도 이렇게 자주 깨고 잠투정이 긴지, 나만 아기를 못 재우는지, 내가 아이의 신호를 못 읽는지 싶습니다. 이렇게 시작된 비교는 나중에 왜 늦게 걷는지, 언제 말하는지를 비교하게 되고, 성적 같은 것을 비교하게 될 것입니다. 그런 엄마가 되지 않겠다고 마음먹지만, 이대로라면 어림없습니다. 저 또한 그렇게 자꾸 제가 되고자 했던 엄마의 모습과 멀어지기만 했습니다.

아이 머리를 바닥에 '콩' 하고 떨어뜨린 날 다시 통곡이 시작되었습니다. 책상다리로 앉아 있다가 아기를 떨어뜨렸는데 어찌나 당황스럽고, 자책하게 되던지요. 아이가 괜찮은 걸 알고부터는 작은 머리를 안고 "미안해, 아가야" 하며 울었습니다. 진즉 울음이 그친 아이를 안고 친정엄마에게 정말 괜찮은 게 맞는지 몇 번이고 확인합니다. 괜찮다는 말은 아무리 들어도 부족합니다. 변덕스러움, 약한 모습, 작은 일에도 울고불고 야단법석인 저를 한결같이 위로하고 안심시키는 것은 누구도 어려웠을 것입니다. 통곡하느라 친정엄마가 사 온 예쁜 아기 내복도 눈에 들어오지 않았습니다. 그저 우느라 바쁘고, 이런 실수를 한 내가 엄마로서 괜찮은 건지 알려 하기 바빴습니다. 친정에서의 조리, 가족의 지지, 혼란스러운 감정, 갓 할머니와 할아버지가 된 두 분의 사랑과 행복한 표정 등이 모두 담겨 있는 그 내복을, 아기가 크며 많은 것을 버리고 다시 사들이면서도 간직합니다.

수습 기간 없이
담당자가 되다

　회사에 신입으로 들어가면 수습 기간이 있습니다. 이 기간에 선배들이 하는 일을 지켜보며 쉬운 일들을 하나씩 시작하고, 점점 맡는 일의 비중이 커지며 한 사람의 몫을 해내게 됩니다. 경력직으로 새 직장에 입사해도 인수인계를 받는 기간이 있습니다. 직전 담당자가 당일에 말도 없이 퇴사하는 어처구니없는 경우가 아니고서는 짧게라도 거치는 과정입니다. 그 과정에서 우리는 일에 적응할 마음의 준비운동을 합니다. 제 육아에 그런 시기가 있었나 돌이켜봅니다. 없던 것 같습니다. 모자동실을 쓰며 바로 담당자가 되었지요. 조리원이든 도우미든 가족이든 누군가의 도움을 받던 조리 기간이 수습 기간이 될지 모르겠으나 저에게는 모자동실을 경험한 충격이 수습 기간 없이 담당자가 된 걸로 느껴지게 합니다. 마음이 무거웠습니다. 직장이라면 사표라도 낼 수 있지, 종신 직원 당첨입니다. 아이와 헤어지고 싶다는 뜻은 결코 아닙니다. 그러나 이런 직장인 줄 몰랐다는 것. 다들 권하며 거기 언제 들어갈

　　　　　　　　　아이는 예쁜데 자꾸 눈물이 나요

거냐고 묻기만 했던 직장이었다는 거지요.

처우는 열악합니다. 일단 월급은 없고, 정부에서 주는 양육수당 10만 원은 딱 기저귓값입니다. 출퇴근 시간도 따로 없고 주말 연차도 없는 풀타임 재택근무. 대화를 나눌 동료도 없습니다. 상사인지 고용주인지 모를 높으신 분은 울음으로 모든 것을 지시하고 칭찬 한마디하지 않습니다. 아, 상사라면 적어도 일을 가르쳐주고 힘든 일도 함께하니, 아이는 고용주인가 봅니다. 월급도 안 주면서 24시간 부려먹고, 복지라고는 가뭄의 단비처럼 보여주는 웃음이 다입니다. 저는 바보처럼 그게 또 좋다고 사르르 녹아 남은 시간을 버텨냅니다. 그런데 고용주를 같이 흉볼 동료는 없는데 왜 그리 감시자는 많은지. 까다로운 높으신 분 비위 맞춰 먹이고 있노라면 누군가가 나타나 이래라저래라 말이 많습니다. 씻지도 못하고 높으신 분 챙겨 나가면 '더워 보인다, 추워 보인다' 말을 얻습니다. 직장인들의 낙인 점심시간? 없습니다. 일하며 허겁지겁 먹거나, 그분의 낮잠 시간(그러고 보니 유일한 이 일의 복지네요)에 숨죽여 먹거나. 이러나저러나 체할 것 같고, 늘 배가 고픕니다. 그 혹은 그녀가 조금 일찍 잠든 늦은 저녁 "앗싸! 내 세상이다" 하고 주린 배를 뒤늦게 채우면 살은 찌고 운동할 시간은 없습니다. 고용주가 낮잠이나 밤잠을 자지 않으려 하면, 저는 그나마 있는 복지혜택을 빼앗길까 매우 전전긍긍하며 고용주를 압박합니다. 그거라도 없으면 저녁 근무 못 한다고요…

이쯤 되니 제대로 설명도 안 해주고 이 직장을 '강추'라며 이끈 이들에게 어이가 없어집니다. 다들 경험했으면서 말이죠. 경력 증명서에 한 줄도 쓰지도 못할 경력을 쌓느라 이력서의 공백이 길어져 가는 게 보입니다.

새근새근 잠든 그분의 안위와 적정 발달만이 내가 이 직장에 필요한 이유이자 이 직장에서 원하는 전부라고, 그것이 경력 몇 년이 줄어드는 것보다 중요하다고, 나 자신을 위로합니다. 아니, 혼자 무엇이든 버텨내는, 온전히 한 사람 곁을 매일같이 지키며 살아내는, 내 인생에서 만난 가장 어려운 일을 하는 것. 어쩌면 그것이 이 일을 통해 내가 강해지고 있는 바로 그 지점일지 모르겠다고, 역시, 스스로 위로해 봅니다.

아이는 예쁜데 자꾸 눈물이 나요

기록 한 장

    수유할 때 아이의 옆통수를 바라보면 걷잡을 수 없는 애정과 보호하고픈 마음이 샘솟는다. 어제도 그런 기분으로 아이를 내려다보기도 하고 간간이 쓰다듬기도 하며 수유를 하는데 엄마도 나를 이렇게 사랑했겠지 싶어 가슴이 저릿하였다.

    내가 낳은 신생아를 바라보고 돌보고 말 거는 일은, 엄마에게 나라는 신생아가 태어났을 때의 기분을 불러일으킬 것이라는 생각이 들었다. 그래서 그토록 예뻐하고, 보자마자 너무나 사랑하고, 애지중지하며 나와 이 아이를 돌봐 주시는 거겠지.

    엄마가 나를 사랑하듯 내가 엄마를... 좀 슬픈 말이지만, 그렇듯 내가 엄마를 사랑할 수 있을까. 고맙고 너무 미안해서... 밤중에 아이에게 물리려다가 흘러버리는 젖처럼, 속수무책으로 눈물이 흘러나왔다. 젖몸살이 아니라 젖 궁상.

PART 2

산후 우울증
제1막

집으로의 복귀

문득문득 찾아오는 우울과 불안, 혼란과 예민함이 부모님께 의존하여 아이를 키우고 있고, 육아 방식에 충돌이 있어서 그런 건 아닐까 싶어 100일을 채우려던 조리 기간을 앞당겨 집으로 조금 일찍 돌아가기로 합니다. 그런데 아기 침대와 침구, 모빌, 바운서, 분유와 젖병, 옷가지, 기저귀… 안방을 가득 채우던 짐을 빼자 갑자기 아이를 보며 행복해하시던 부모님이 걱정되기 시작합니다. 작별 인사가 두렵습니다. 다시 볼 수 있지만, 언제고 다시 볼 수 있지만, 퇴근 후 돌아오면 따뜻한 밥이 차려지고, 설거지는 할 때도 있고 안 할 때도 있고, 주말이면 낮잠을 자던, 부모님의 보호 아래 편하게 지내는 게 이제 마지막인 것만 같습니다.

어려서부터 같은 낮잠이라도 부모님이 계신 때 낮잠을 자는 게 더 포근하고 편안하게 느꼈습니다. 한 공간에 산다는 게 그렇게 든든한 거였는데, 고마운 거였는데. 그때의 저는 알고나 있었을까요? 누군가가 차려주는 밥을 먹는 것이 당연한 게 아니었는데 저는 어떤 표정으로 밥을 먹고 어떤 말을 했을까요? 퇴근 후 엄마와 같이 소파에 앉아 드라마를 보며 이야기를 나누었던가? 설거지를 몇 번이라도 했던가? 그 시절이 너무나 그리워집니다.

열 평 남짓한 우리의 공간. 신혼을 보내고, 임신하고, 양수가 터져 짐 가방을 싸고 나간 뒤 처음 다시 들어오는 집. 당시 남편은 아침 7시 반에 출근해 10시에 퇴근했기에 평일에는 잠깐 친정에 들러 저와 아이를 보고 가고, 주말에는 친정에서 생활하고 있었습니다. 이런 그에게 많은 것을 바랐던 걸까요. 저에게 생긴 엄청난 변화에는 아랑곳하지 않은 작은 방이 아무런 인사 없이 저를 맞이합니다. 복귀를 환영하는 가랜드라도 기대했던 건지, 돌아올 곳에 돌아왔음에도 언짢습니다. 아쉬움, 불안, 서운함… 또 어떤 감정들이 있었을까요.

공간이 바뀌어서인지 아이가 난생처음 길고 크게 울어댔습니다. 그쯤 아이는 기질이 확실하게 드러나기 시작했는데, 제 아이는 청각과 후각이 매우 예민한 아이였습니다. 낯선 곳, 낯선 사람을 경계하고, 환경에 적응하는 데도 오래 걸렸습니다. 그런 아이에게 익숙한 친정집의 냄새가 나지 않고, 잘 때쯤에나 와서 보고 가던 아빠의 목소리가 크게, 자주 들리니 얼마나 긴장되었을까요. 악쓰며 우는 아이를 달래는데, 함께 달래 보던 남편이 대뜸 "아기를 너무 안아주면 손탄다던데"라고 합니다. '손탄다'라는 말은 그가 어쩌다 한 번, 우는 아기에게 누군가가 하는 말을 들은 것뿐입니다. 그리고 그 말은 울면 바로 안아주신 제 부모

아이는 예쁜데 자꾸 눈물이 나요

님과 저의 육아 방식을 '틀렸다'라고 하는 것과 같습니다. '저 말은 부정이다. 우리가 해 왔던 육아 방식에 대한 부정이고 참견이다' 그렇게 어느새 저에게 육아는 친정 부모님과 제가 '한 팀'이고 남편은 '방관자'의 역할로 나뉘어 있었습니다. '모르면 말을 말지? 네가 해 보지? 이 시기의 아이들은 신체 접촉과 양육자가 주는 안정감이 중요하다고! 안아 주는 게 맞다고!' 그러나 안고 있어도 계속 우는 아이를 보니 제 말을 뒷받침할 근거가 없습니다. 그래도, 그래도 딱 한 번 어쩌다 들은 말로 100일 가까이 조리를 도와주신 우리 부모님이 해 온 방식을 부정하는 건 모욕이라고 느껴집니다. 그렇게 또 한 번 확대 해석합니다.

몇 걸음 걷지도 못하는 어두운 방에서, 그립고 두렵고 서럽습니다. "아가야, 할머니 보고 싶어서 그런 거야? 엄마도 할머니가 보고 싶어" 어느새 내가 화났으면서 "너 화났지?"라고 묻고, 내가 부끄러우면서 "너 날 무시하고 있지?"라고 묻는 투사를 하고 있었습니다. 엄마가 보고 싶은 마음을 아이가 할머니를 보고 싶어 한다고 여기며, 아기와 함께 울고 또 웁니다.

마녀의 시간

어김없이 월요일이 찾아옵니다. 남편이 있는 일요일에 맞춰 집에 돌아왔지만 이럴 줄 알았으면 토요일에 올 걸 싶습니다. 갑자기 집에 혼자 덩그러니 남겨지는 기분입니다. "오빠⋯ 안 가면 안 돼?" 남편의 출근길에 바짓가랑이를 잡습니다. 우리 가족이 생애 처음 겪는 이 변화의 시기에, 남편은 회사에서 가장 바쁜 팀에 속해 있었습니다.

남편을 보낸 뒤 아이를 바운서에 앉히고 아침을 차리는데 이런저런 반찬을 꺼낼 여유가 없습니다. 입맛도 없어서 그냥 제일 잘 들어가는 국만 꺼내 세상에서 가장 맛없고 낯선 아침을 먹습니다.

그리고 기나긴 하루가 시작됩니다. 한 번 먹이고 잠시 놀리고 재우고. 또 일어나면 먹이고 놀리고 재우고. 이렇게 다섯 번 돌리는 사이클. 말이 쉽지 온종일 아기의 반응을 살피고, 놀아주고, 재우는 건 무척 어렵습니다. 노는 것도 사실 그저 깨어 있다 뿐이지 짜증을 냅니다. 이렇게 안아서 재우는 게 좋은지, 어떤 소리나 노래를 들려주는 게 좋은지.

아이는 예쁜데 자꾸 눈물이 나요

한 번 통한 게 다음에 안 통하기도 하고. 수유와 낮잠 일지를 적으며 이리저리 연구합니다.

저녁 수유와 목욕, 오후 낮잠 시간은 매일 헷갈립니다. 같은 시간과 같은 방법인데도 어떤 날은 보채고, 어떤 날은 안 자고, 어떤 날은 먹기도 하고 안 먹기도 하고. 수유 텀과 아이의 일과를 파악해 정확히 맞추고 싶었지만 잘되지 않았습니다. 이것을 왜 정확히 맞추려 하는가. 물론, 엄마의 편의를 위해서지만 사실은 조금이라도 엇박자가 나면 저녁 시간이 무서워지기 때문입니다. 마녀의 시간. 저녁 6~8시 사이 어스름이 깔리는 그 시간대를 엄마들은 '마녀의 시간'이라고 부릅니다.

'어디서부터 잘못된 거지?' 젖을 대도 물지를 않고, 안아줘도 울음을 그치지 않습니다. 집이 떠나가라 우는 통에 이웃에서 학대 신고라도 들어올까 봐 걱정될 정도입니다. '졸리면 자고, 배고프면 먹으면 되는데, 어디가 아픈 건가?' 성장통 같은데, 내려놓으면 자지러지는 통에 주물러 줄 수도 없습니다. '아기가 2시간 동안 한시도 쉬지도 않고 집이 떠나가라 울어 젖힐 수 있다?' OX 퀴즈를 낸다면, 처녀 적의 저는 "그건 학대 아니야? 엄마가 뭘 잘못했겠지. 아기의 울음에 민감하게 대응해야 한다고 들었어. 2시간 울면 목 나가는 거 아냐?"라고 말했을 것입니다. 그러나 정답은 '아무것도 잘못되지 않았는데 매일 같이 그럴 수 있다!'입니다. 마녀의 시간을 피하려고 하루를 조심스럽게 보냅니다. 특히 오후 수유와 마지막 낮잠 시간에 유의하면서요.

하루는 집에 돌아왔다고 시부모님께서 아기도 볼 겸 반찬을 해 오셨습니다. 아기는 울음으로 낯섦을 표현합니다. 괜히 미안하고 난처해진 시부모님이 가신 뒤, 저는 다시 혼자서 우는 아이를 부지런히 달랩니다. 혼자 남겨지고 싶지 않았는데. 그렇게 울기 시작한 게 마녀의 시간으로 이어집니다. 갓 구운 갈치와 갖가지 반찬이 식탁에 펼쳐져 있는데, 손도 대지 못하고 치우지도 못하고, 두어 시간 동안 아기를 껴안고 땀범벅이 됩니다. "고생했지? 난처했지? 혼자서 힘들었지?" 남편이 들어오며 이런 정석 같은 반응을 해줄 리 만무합니다. 뒤늦게야 돌아와 여전히 아기를 안고 '손태우는' 저를 남편은 걱정하면서도 이해하지 못합니다. 제가 어떤 시간을 보냈는지 상상할 수 있을 리가요. 얼마 뒤 식어 있는 음식을 보고서야, 남편은 무슨 일이 있긴 했구나 싶었는지 저를 다독입니다. 밉지만 의지할 사람은 또 그밖에 없습니다.

어느 만큼이
'이만하면'일까

아이들에게 가장 필요한 양육 태도는 민감성과 반응성이라고 배웠습니다. 부모 상담 때도 그렇게 말했습니다. 그러나 그것을 직접 해 보려 하니 족쇄가 되었습니다. 모든 신호에 다 '민감'하게 '반응'해야 하는지, 적절한 정도라는 기준이 뭔지.

둘째까지 키우고 있는 지금은, 조금 놓친대도 상관없다고 말하고 싶습니다. 조금 반응이 늦어도 된다고, 조금 찡찡거리게 둬도 된다고. 그러다가 먹여 보고, 재워 보고… 정확하지 않아도 됩니다. 엄마는 아기를 눕혀놓고 TV를 조금 봐도 괜찮습니다. 먹고 싶은 걸 먹어도 됩니다. 사실 둘째까지 키워 본 저이기에 할 수 있는 말이라는 걸 압니다. 그리고 그 말이 꼭 맞는 말이 아니라는 것도요. 사실 둘째는 첫째와 기질이 다르기도 했습니다. 둘째는 청각적으로 예민하지 않고 낯선 사람도 잠깐 경계할 뿐 곧 방긋방긋 웃음을 보이는 아이였습니다. 적응이 빨랐습니다. 기본적으로 각성 수준이 낮아 재울 때도 몇 번 흔들어 주면 자고,

안으면 바로 울음을 그치고, 잠투정도 적었습니다. 이유식 먹이기와 외출 모두 편안했습니다. 낯선 곳에서는 과즙망에 과일을 넣어 주거나, 떡뻥 하나만 주면 꽤 오랜 시간을 버텼거든요. 둘째를 보며 '내가 못해서는 아니었구나' 안도하기도 했습니다. 언니를 돌보느라 바쁜 엄마 때문에 배 속에서부터 혼자서 편하게 있는 법을 알아버린 걸까요?

첫째는 달랐습니다. 둘째 때보다 정성들여 태교하고, 잘 쉬고, 행복해했는데 말이지요. 첫째는 시댁 모임이나 외식, 외출 때면 자지러지게 울어서 이목을 끌고, 엄마나 아빠가 데리고 나가 쉭쉭 스쾃을 하며 달래야 진정되는 아이였습니다. 한 번 울면 끝장을 보려 해 웬만하면 울리지 않으려 애썼습니다. 당시 남들의 평화로운 외식과 외출이 너무 신기하다 못해 열등감과 억울함을 느꼈습니다. 한편으로는 나의 빠른 반응이 그녀의 인내심을 키우지 못했을지도 모른다고, 같은 아기라도 둘째로 만났다면 순둥이 아기로 여겨졌을지 모른다고 생각하기도 했습니다. 초보 엄마는 모든 게 살짝 조급하고 버겁고 낯설게 느낄 수 있으니까요. 초보 엄마의 긴장과 아기의 예민한 기질의 컬래버레이션은 육아를 더 어렵게 만들었습니다.

'한 번만 남편이 아기를 온전히 보면 좋겠다. 재우는 게 얼마나 힘든지, 종일 아기에게 매여 있는 게 어떤 기분인지, 한 번 울기 시작해서 달래지지 않는 때가 있다는 걸 남편이 알면 좋겠다' 싶었는데 또 아빠가 있으면 마음이 안정되어서일까요? 아니면 아빠의 덜 긴장한, 편안한 손길과 목소리 때문일까요? 아이는 아빠가 있으면 잘만 잡니다.

아이는 예쁜데 자꾸 눈물이 나요

결혼 전 인간의 심리적 어려움과 성장을 이야기하는 여러 가지 심리치료 이론 중 좋아했던 것은 '대상관계 이론'이었습니다. 조금이라도 심리학에 관심 있는 분이라면 프로이트를 들어보셨을 것입니다. 개인의 내적 욕동에 관심을 가졌던 프로이트 이론을 '한 사람 심리학'이라고 부른다면, 대상관계 이론은 '두 사람 심리학'이라고 부릅니다. 모든 인간이 선천적으로 지닌 관계 욕구를 기본으로 가정하고, 유아가 태어난 이후 주 양육자와 관계를 맺으며 세상에 대한 이미지, 관계에 대한 이미지를 형성해 나간다는 이론입니다. 제가 이 이론을 좋아한 이유는 유아의 출생 시점부터 내면에서 일어나는 단계적 변화와 관계 속에서의 경험을 매우 섬세하고 신비롭게 그려내고, 부모와 자녀의 관계에 많은 점을 시사하기 때문입니다. 그러나 주 양육자 역할의 비중을 높게 두고 있기에 출산 이후에는 읽기가 어려웠습니다. 이 이론의 대부분이 결국은 제가 해야 하고, 제가 주의해야 하는 것이 되었기 때문입니다.

이론에서는 말합니다. '이만하면 충분한 엄마 노릇(good enough mothering)'이라고. 책에 기술된 그 '이만하면'이란, 충분히 아이를 먹이고 재우며, 불안할 때 위로와 공감을 해주는 정도를 말합니다. 그러나 아이에게 충분히 먹였는지 알 수 없고, 졸려 하는데 잘 안 재워지고, 아이가 불안할 때 위로와 공감보단 내가 먼저 불안해서 위로가 필요한 초보 엄마에게는 위로가 되지 않습니다. '이 정도를 못 해주면 불충분한 건가? 이만하면 괜찮은 정도도 안 되는 건가? 그러면 결국 'bad' 혹은 'not good enough'인 건가?'

이후 영유아 발달에 관한 한 강의에서 강사님께 질문했습니다. '이만하면 충분한'에서 이만하면에 대한 지표가 있으면 좋겠다고, 어느 정도면 내가 잘하고 있다고 알 수 있느냐고요. 그러자 강사님은 이렇게 말씀하셨습니다. "아이를 생존하게 하고, 아이가 궁금한 걸 물어볼 수 있고, 아이가 힘들 때 힘들다고 할 수 있느냐가 기준이 아닐까요? 그리고 아기를 미워하기도 하고 사랑하기도 하는 마음속에, 그래도 '너무 밉다'보다는 '예쁘다'라는 마음이 가득하다면. 기본적으로 사랑한다면 되는 거 아닐까요?" 그러나 한창 육아로 남편과 갈등하던 당시에는, 이 이론을 바탕으로 아이에게 정서적으로 섬세하게 반응하고 감정을 표현할 수 있도록 버티는 게 중요하다고 생각하면서도 많이 흔들렸습니다. 그러다가 나중에 발견한 아래의 글귀에서 이에 대한 시원함과 반가움을 느꼈습니다.

> 전통적인 가족에서 투정은 아버지와 있을 때보다 어머니와 있을 때 더 빈번하게 나타나는데, 아마도 예전의 공생 파트너의 거부가 훨씬 더 상처를 줄 수 있기 때문일 것이다. 아버지는 가끔 이런 상황을 오해해서 그들이 아내보다 아이를 더 잘 다룰 수 있다고 생각한다. 이런 오해는 부모 간의 불화를 낳을 수 있다.
>
> _조지 해밀턴, 《대상관계 이론의 실제, 자기와 타자》 중에서

대상관계 이론에서 중요한 것은 잘하고 있는지, 못하고 있는지를

아이는 예쁜데 자꾸 눈물이 나요

나누는 것이 아닙니다. 좋은 엄마인지 나쁜 엄마인지 구분하는 것도 아닙니다. 초창기 인간은 나에게 무엇이 유익하고 무엇이 해로운지 구분하는 일을 우선으로 합니다. 그러다가 어느 정도 살 만한 환경이라고 파악되면, 한 대상에게도 좋은 점이 있고 나쁜 점도 있다는 것을 알아갑니다. 이것이 정상 발달입니다. 나 자신에게도 그것을 상기시켜야 합니다. '나는 전적으로 좋기만 한 엄마도 아니고, 전적으로 나쁘기만 한 엄마도 될 수 없다. 내 안에 사랑하는 마음과 미워하는 마음, 강한 면과 약한 면이 공존한다'라는 것을 인정하고, 그러한 나까지 끌어안아야 합니다. 앞에서 이야기했던 분석심리학과도 일치하는 맥락이지요. 그렇게 우리는 우리를 받아들이면서 마음의 그릇을 키우고, 아이들을 안고 담을 수 있게 성장하는 것 같습니다. 그릇을 키우려다 보니 성장통이 수반되는 것이고요.

내가 태어나는 진통

혼자서 맛없는 아침을 먹는 딸이 걱정되었는지 부모님께서 와 주셨습니다. 제 부모님은 무엇을 하든 재미난 상황처럼 이름 붙이기를 좋아하십니다. "육아 도우미 방문 서비스가 왔다!"라고 등장하며, 지나치게 감사해하고 미안해하는 저를 진정시켜 주십니다.

친정엄마는 만날 때마다 '이게 보여서 샀고, 그 사이에 이걸 만들었고' 하는 것을 가져다주고, 친정 아빠는 뭔가를 들고 다니며 보수할 게 보이면 뚝딱뚝딱 고쳐 주십니다. 아기가 잘 때 에어컨 소리가 시끄럽지는 않느냐며 방음 장치를 뚝딱뚝딱, 모기가 들어올 만한 구멍이 보이면 방충망을 뚝딱뚝딱. 엄마가 "어디서 출장 나오셨어요?" 하면 아빠는 "관덕정 서비스예요~"라며 두 분 만의 개그를 주거니 받거니. 웃을 수 있고, 힘듦을 잠시라도 잊을 수 있어 감사합니다. 그리고 그 시간은 두 분이 가시고 나면 견딜 수 없는 그리움이자 기대고 싶은 기억이 됩니다. 밝은 에너지 뒤에 허전함과 그리움이 짙게 드리워집니다. 그렇다

아이는 예쁜데 자꾸 눈물이 나요

고 차라리 혼자 있었어야 한다는 뜻은 아닙니다. 그 시절에 제가 그랬다는 이야기입니다. 기대고, 쓰러지고, 갈구하고, 기대고, 쓰러지고 갈구하기를 반복하며 버티는.

나중에 들었는데, 아빠가 저와 아기가 간 후 텅 빈 방을 보며 살짝 눈물을 보이셨다고 합니다. 처음으로 들은 아빠의 눈물이었습니다. 좌절, 공허함, 그리움의 감정이 아니라 아쉬움 정도였겠지요. 그런데 저는 그것을 또 제 마음대로 해석합니다. '아빠가 너무 외로워! 아빠가 너무 허전하고 그리우신 거야!' 두 분이 돌아 가시고 난 뒤 혼자 남겨진 집에는 온통 두 분의 흔적과 기억으로 가득합니다. 혼자 있지만 혼자가 아닌 것 같아 따뜻합니다. 따뜻한데, 그 안에서 어쩐지 제가 애처롭게 울고 낑낑대는 게 또 슬픕니다. "방문을 열면 우리가 있을 거로 생각해~" 아빠의 말을 기억하며 힘을 내려고 애쓰는데, 그 말이 슬프게 들립니다.

돌이켜보면 어릴 때도 '내가 슬프다'라는 인식보다 '내가 슬퍼하는 걸 엄마가 알면 얼마나 슬플까'라고 생각했습니다. 친구들에게 따돌림 당하거나 미움받을 때 '내가 이렇게 외로운 걸 알면 엄마가 얼마나 가슴 아플까'라고 생각하며 괴로워했습니다. 내가 아닌, 나와 부모님이라는 덩어리 상태.

가족상담 이론에는 '분화'라는 개념이 있습니다. 김용태의《가족치료이론》에서는 '타인과의 관계에서 자신의 독립적 삶의 방향을 가지고 추진할 수 있는 사람을 '분화된 사람'이라고 하고, 관계에 얽매여 독립적으로 살지 못하는 사람을 '미분화된 사람'이라고 합니다. 분화는 자아의 형성을 통해 이루어집니다. 또 자아는 부모를 비롯한 주변의 중요한 사람들과의 상호작용을 통해 형성됩니다'라고 하였습니다. 또한, '우리나라의 가정은 보통 개인의 감정보다는 가족이 화목하고, 서로 갈등이 없고, 예의 바르고 부지런한 것을 중요하게 여깁니다. 그러나 이런 전체로서의 가정과 가족 내 규칙을 강조하면 구성원들이 분화되기가 쉽지 않습니다. 특히 부모가 '완전한 엄마 노릇(perfect mothering)'을 하려고 하면 유아의 자아는 불안정해집니다. 완전한 방식으로 유아를 돌보려고 하면, 유아의 욕구에 맞추는 방식보다는 엄마의 요구에 아이를 맞추는 돌봄을 하게 됩니다. 이 경우, 유아는 자신을 돌보는 엄마의 요구에 민감해지고 자신의 요구에는 민감해지지 않습니다'라고 밝혔습니다.

인간의 성장에 필요한 것은 적절한 좌절과 그것을 견디는 힘입니다. 그 힘은 성인이 되었다고 해서 갑자기 불끈 솟아오르는 게 아니라, 어려서부터 크고 작은 좌절을 반복하는 경험을 통해 길러집니다. 아기가 걸음마를 하는데 넘어지는 게 안쓰럽다고 매번 잡아 주면, 아이는 그 시기에 경험해야 할 좌절을 빼앗기게 됩니다. 크게 다칠 염려가 없는 환경이라면 넘어지고 부딪히며 알아가게 해야 합니다. 갖고 싶다고 다 가질 수 없고, 엄마가 나에게 다 맞춰 줄 수 없다는 걸 알아야 '아, 엄마는 나랑 한 몸이 아니라 개별적인 존재구나'라고 느낍니다. 엄마도 감정이 있고, 엄마도 하고 싶은 게 따로 있다는 걸 알게 됩니다. 이 과정

아이는 예쁜데 자꾸 눈물이 나요

에서 아이는 타인의 마음을 중요시하게 되며 사회성을 발달시킵니다. 그러니 완벽한 엄마가 아니라고 실망할 필요가 없습니다. 물론, 좌절의 크기가 너무 커서는 안 됩니다. 방임이나 학대로 인한 좌절은 무기력과 무감각을 야기하기 때문입니다.

저는 헌신적인 부모님을 보며 이상적인 부모상을 형성한 반면, 나로 올곧이 서 본 시간이 적었습니다. 그래서 삼십 대 중반이 다 된 나이에, 아이를 낳는 진통이 끝나고 원가족으로 분리되어 나로 다시 태어나는 극심한 제2의 산통을 겪기 시작했습니다. 반대의 경우도 있을 것입니다. '이제껏 혼자 애써 왔는데 또 혼자 애써야 한다니' 혹은 '아이가 이렇게 사랑스러운데 우리 부모는 나에게 그렇게 대했다고?'라며 원가족을 향한 분노와 억울함, 원망 등을 느낄 수도 있습니다. 부모의 역할이 부담스러우면서도 한편으로는 나 자신을 이해하기 위한 부모의 양육 태도, 나의 성장 과정을 대입하는 것입니다.

끊으려야 끊을 수 없는, 탯줄보다 더 질긴 인연이 바로 부모입니다. 저는 그것을 알기에 더욱 저의 역할에 몰두하고 불안해했는지 모릅니다. 그러나 이러한 사실에 압도되기보다 그 감정과 영향을 알아차림으로써 적정한 자리를 잡고 태도를 갖추려 애쓰는 성찰이 바로 '이만하면 충분한 엄마'의 자세일 것입니다.

그때의 엄마가
기다리는데

엄마가 너무 보고 싶어 엄마의 흔적을 찾습니다. 엄마를 불러도 되지만 혼자 버텨보려고, 나에게 남아 있는 엄마를 찾습니다. 아니, 무언가 내가 놓친 것이 있는 것 같은데, 엄마에 대해. 불현듯 대학 때 엄마와 주고받았던 메일함이 떠오릅니다.

기록 한 장

2003년 4월

아빠가 보너스를 주는 것 같던데 얼마 송금되었나요? 기분이 짱이었겠네... 과일도 비싸서 못 사 먹는다고 했더니만 안쓰러웠나 보다. 여기도 추웠다 더웠다 날씨가 아주 변덕이 심하다. 오늘 모임에 갈 때는 덥더니만 나올 때는 바람이 아주 심해. 감기 걸리지 않게 집에 오면 손

아이는 예쁜데 자꾸 눈물이 나요

발을 씻고, 이 닦기를 잊지 말도록... 정은이와 태욱이가 없으니 허전하고 무언가 잊어버린 느낌이라 재미가 없네요. 괜한 걱정 하지 말고, 잘하고 있겠지 하면서 나도 열심히 할 거야. 우리 열심히 해 보자. 힘내라, 힘. 워 아이 니.

2003년 5월

감기는 다 나았니? 3일간 비가 오고 나서 오후가 되어서야 해가 조금 보인다. 봄인가 하면 여름이었다가 다시 바람 불면은 춥고 그렇다. 변덕스러운 날씨에 감기가 들어서 고생하고 있니? 요즘 밥은 잘 먹고 있나? 엄마는 다른 걱정은 없고 '밥이나 잘 먹고 있나...' 이게 제일 신경이 쓰인다. 시간이 너무 빨리 간다. 5월 중순이니 한 달 반만 있으면 대학 방학인가? 방학이 기다려지네요. 정은이는 어때? 엄마는 6월부터 7월까지는 산업정보대학에서 일어 공부할 거야. 요전에는 염색 공부도 했다. 천연염색인데 우리 주위에 있는 모든 게 염색 재료로 가능한 거더라. 시간이 들고 정성이 들어서 그런지 재미있고 스카프가 예쁘게 물이 잘 들었어. 오면 보여줄게. 기대하시라. 감기 조심하고 안녕. 정은이를 사랑하는 엄마가...

2003년 6월

정은아 안녕. 비행기표는 24일 1시 50분 걸로 하려는데... 시험공부는 잘하고 있니? 엄마는 공부만 묻는다고 짜증이 난 것은 아니겠지

요. 공부가 어렵기는 어렵네요. 눈이 아프니 보는 것도 시원치

않고 인상은 찌푸리게 되고... 열심히 해 보고 밥도 잘 먹으면서 하도록.

건강을 해치면 모든 게 소용이 없지롱. 요즘 우리(태욱이랑 엄마)는 둘

이서만 저녁 먹는 일이 많다. 그러면 대충 먹게 되거든... 그래도 엄마의

뱃살은 여전히 나온다. 뱃살 뱃살 하면서 노래하고 다니면 다 웃지요.

정은이도 먹고는 금방 자지 말고, 맨손체조라도 해. 반찬 보내 주지 못

해서 걱정이다. 무엇에 밥을 먹니? 라면이라도 열심히 먹냐? 하루하루

를 감사히 생각하며 지내고 만날 때까지 건강하게 지내렴. 사랑하는 엄

마가...

2004년 5월

얄미운 정은. 양정은. 아빠한테는 메일 보내고 엄마한텐 메일도 없

고 연락도 없고. 어떻게 지내니? 어버이날에 문자만 달랑 보내고. 메일

이라도 보내지... 너 친구랑만 열심히 놀고 있는 거니? 아니면 공부만

열심히 하는 거니? 아니면 먹고 자는 것만 열심히 하는 거니? 뭐 하는

거니? 엄마랑 아빠는 어린이날 챙겨 주던 때가 그립다고 이야기하며 웃

었다. 정은이는 멀리 있지... 태욱이는 밖에 나가자고 하면 집에서 컴하

고 놀고, 텔레비랑 놀고 엄마 아빠만 노부부처럼 밖으로 간다. 신혼 아

닌 늙은 신혼을 지내고 있지롱...

밥도 먹으면서 살도 빼렴. 다시 연락할게.

아이는 예쁜데 자꾸 눈물이 나요

그때 그 시절, 결코 다시 갈 수 없는 그 시절의 엄마가 나를 기다리고 있습니다. 반평생 정성을 쏟은 둥지에서, 다 커서 날아간 새의 빈자리를 허전해하며 먼 곳의 새를 그리워하고 있습니다. 뭘 먹는지 궁금해하고, 답장을 기다리고, 어색하게 빈집을 맴돌았을 엄마를 생각합니다. 저 메일에 내가 답장을 했을까? 자는 아기 옆에서 숨죽여 울며 메일을 찾아봅니다. '통화할 때 나는 어떤 목소리였을까? 잔소리가 귀찮다는 듯 끊었을까? 용돈만 바랐을까? 친구들과 놀러 다니기 바빴던 것 같네…' 왠지 엄마가 "엄마 저 가볼게요, 까르르 깔깔~" 하고 멀어지는 새소리에 아쉬운 듯 전화기를 내려놓았을 것만 같습니다. 갑자기 마주친 옛 기억을 퍼즐처럼 맞춰가며 영화 속 한 장면처럼 기억해 봅니다. 10년이 지나 다시 만난 과거의 메일 속의 엄마. 허리가 양손으로 잡힐 만큼 가녀렸던 엄마. 양 볼이 쏙 들어가 갸름하고 눈이 커서 예뻤던 엄마. 평생 우리를 돌보는 일에만 전념했던 엄마. 꿈도 많고 하고픈 것도 많았을 엄마. 어느덧 그 돌봄에 익숙해져 그것이 삶 자체가 되었는데, 갑자기 할 일이 사라진 엄마. 이제 와 제가 그때의 엄마에게 해줄 수 있는 게 없습니다.

내가 없이 휑하니 남은 시간, 무엇을 해야 할지 몰라 당황하던 엄마는 남은 빈자리를 공부로 채우셨습니다. 일어 공부, 중국어 공부, 한지 공예… 여러 강좌를 수강하다가 천연염색이라는 재미있는 공부를 만나 동아리에도 가입하고, 강사 활동, 봉사활동 여러 가지 일을 하며 제2의 인생을 즐기기도 하셨습니다. 엄마에게는 새롭게 자신을 찾을 기회였다고, 엄마가 그때 얼마나 행복해하고 자신을 자랑스럽게 생각했는데 하며 좋은 의미를 찾아봅니다. 사실입니다. 그런데, 그런데 가슴이 왜 이렇게 쓰라리지. 괜찮았는지 묻고 싶은데, 그 시절의 엄마는 지금 없네. 지금이라도 묻고 싶은데, 미안하다고 많이 기다렸냐고 말하고 싶은데. 지금 내가 너무 눈물이 나서 엄마한테 전화를 걸 수가 없네… 또 엄마를 걱정시킬까 봐…

1. 어머니는 어떤 분이시고, 어떤 분이셨나요?

_____

_____

_____

_____

_____

2. 어머니께 전하지 못한 이야기가 있나요? 서운했던 것, 고마웠던 것,
   미안했던 것, 함께 하지 못해서 아쉬웠던 것 등이 있다면 아래에 어머
   니께 전하는 편지를 적어봅니다.

_____

_____

_____

_____

_____

내가 왜 우는지
나도 모르겠어

우리나라의 기업 조직은 구성원이 지금 어떤 시기를 겪고 있는지, 그 가족이 집에서 어떤 난리 통을 겪고 있는지 별로 신경 쓰지 않습니다. 아기를 키워 본 선배들은 아이를 갓 낳은 후배의 집에서 지금 무슨 일이 벌어지고 있는지 알 텐데 —부족한 잠, 숱한 부부싸움, 직원이 야근하는 만큼 그의 아내는 홀로 육아를 하고 있다는 사실— 도무지 회식과 술자리, 업무량을 줄여 주지 않습니다. 평일에도 가족이 잘 때 나가 잘 때 들어오던 남편이, 아기가 6개월이 될 즈음에는 주말 내내 일하러 나갔습니다. 이런 남편에게 눈을 말똥말똥 뜨고 있는 아기를 부탁하기가 쉽지 않습니다. 아주 힘든 부탁을 하게 되는 거니까요. 그래서 아기가 잠들었을 때야 겨우 부탁을 하고 잠깐 나와 걷습니다. 정처 없이 걷다가 만난 공원의 벤치에 눕습니다. '졸음이 쏟아진다. 잠을 자고 싶었던 걸까? 내가 뭘 원하는지, 나도 모르겠다… 그저 아무것도, 아무것도 하지 않고 여기에 누워 잠들고 싶다…' 한 걸음 한 걸음이 마치 젖은 신발을 신고 걷듯 무겁습니다. 주체할 수 없이 언짢고, 지치고, 두렵고, 설명이 어려운 기분.

주말에는 3시간 정도 자유시간을 얻을 수 있습니다. 남편이 집에서 울고 있을 바에는 차라리 나가서 바람이라도 쐬라며 적극적으로 외출을 권장하기도 했습니다. 그러나 젖이 불어 가슴이 빵빵하게 부풀고 패드가 젖어갑니다. 집에 돌아와 남편의 표정을 살피니 당황스러움이 엿보입니다. "이거 쉽지 않더라. 밥도 못 먹겠더라…" 남편의 말에 사 들고 온 떡볶이를 내밀며 의기양양하게 확인합니다. '그렇지? 해 보니까 쉽지 않지? 나는 그걸 하루에 여덟 번, 일주일에 쉰여섯 번, 그걸 석 달째 반복하고 있어'

집 앞에 쓰레기를 버리러 나가는 시간도 얼마 안 되는 제 자유시간입니다. 그 시간, 혼자서 맡는 저녁 공기에 낯설고도 반가운 기억들이 떠오릅니다. 대학 때 도서관에서 늦게까지 공부하고 기숙사로 올라갈 때의 냄새, 저녁 퇴근길의 냄새, 어릴 때 제삿집에서 사촌들과 놀다가 집으로 돌아올 때의 냄새, 저녁 데이트의 냄새… 쓰레기를 버리고 아쉬워 양팔을 휘적이며 집 근처를 서성입니다. 낮에는 흩어져 흔적조차 찾을 수 없는 나라는 사람의 잔재를, 저녁 공기가 불러온 옛 기억의 밀도 속에 오래도록 머물고 있으면 조금은 찾아낼 수 있을 것처럼.

약물치료를 권유받다

남편의 이해와 위로, 친정 부모님의 조력, 아이가 잠든 뒤 간식을 먹거나 책을 읽는 일상의 소소한 즐거움은 위안이 되었지만, 위안받는 속도가 우울감이 엄습하는 속도보다는 느렸습니다. 때로는 붕 뜬듯 불안하고, 때로는 넋이 나간 듯 멍하고, 때로는 가슴이 무너져내리는 것 같았습니다. 그렇게 겨우 하루를 보내고 퇴근한 남편을 만나면, 또다시 울었습니다. 아니, 일부러 운 건 아니니까, 그냥 울음이 계속 나왔습니다. 하루에 있었던 일을 이야기하면서 행복해야 하는데 왜 이러지? 아이가 미운 게 아닌데 왜 이러지? 아기를 사랑하지 않는 게 아닌데… 울고 있는 나를 변호합니다. 매일 밤 같은 이야기를 반복합니다.

"못하고 있는 것 같아", "아니야. 잘하고 있어", "끝이 나지 않을 것 같아", "아이들이 크면 달라질 거야", "엄마를 생각하면 너무 미안해", "부모님께 우리가 갚아 나갈 날이 있을 거야. 지금도 부모님께서 행복해하시잖아", "우리 아이들이 커서 이런 이야기를 한다고 생각하면…

아이는 예쁜데 자꾸 눈물이 나요

나는 괜찮다고 하겠지?", "그렇지"

매일 밤 이야기하고, 시간이 지나면 같은 이야기를 또 하고, 조금 진정되어 눈물이 그쳤다가도 다시 보면 울고 있고. 남편이 기억하는 그 시절의 저입니다. 밥 먹다가 울고, 설거지하다가 울고, 젖을 먹이다가 울고. 밤에 잠들고 나면 깨어나고 싶지 않았습니다. '남편이 육아 휴직하고 함께 아이를 돌본다면 괜찮을까' 생각해보아도 울지 않을 보장이 없으니 종용하기도 어렵습니다. 그래도, 남편이 "네가 많이 힘들면 내가 옆에 있을게"라고 과감하게 말해 주기를 얼마나 원했던지. 그러나 남편은 회사에서의 위치와 앞으로의 미래, 우리의 경제적 사정 등을 고려하며 혹시나 둘째를 낳았을 때면 모를까 첫째 아이 때부터 육아 휴직을 받는 것은 어렵다고 이야기했습니다.

남편을 이해하지 못하는 건 아니었습니다. 둘 다 늦게 다시 공부를 시작했고, 갓 결혼해서 가진 게 별로 없었거든요. 원룸에 살고 있었고, 한 명은 벌어야 했으며, 남자의 육아 휴직에 대한 사회적 인식이 신경 쓰인 것도 사실입니다. '그래도 나는 미쳐가는 것 같은데, 내가 필요한 건 나중이 아니라 바로 지금인데. 그냥 말만이라도 언제든지 달려오겠다고, 필요하면 옆에 있겠다고 말해 줄 수는 없는 걸까?' 밤마다 눈물을 흘리자 남편도 우울감을 호소하기 시작합니다. "힘든 건 알겠는데, 있잖아… 나도 힘들다" 일하고 돌아와 계속 눈물로 맞이하는 얼굴에 남편도 지쳤을 것입니다.

그래도 기댈 사람은 남편밖에 없고, 힘들게 하려고 일부러 운 것도 아니고, 가슴이 꽉 막혀 죽을 것 같고, 죽을 만큼 외롭고, 비참하고, 서럽고, 원망스러운데 여기에 미안해하기까지 해야 하는지 억울했습니다. 힘든 걸 안다면 저렇게 말할 수 있을까? 나의 하루를, 나의 박탈감을, 이 미칠듯한 고통을 어떻게 전달할 수 있을까? 그러나 이 충격과 두려움 속에서 온 힘을 다해 애쓰고 있다는 걸 저조차 모르는데 어떻게 남편에게 나의 어려움을 호소할 수 있을까요. 남편은 병원 치료를 권유했습니다. 호르몬 문제이니 약물로 해결할 수 있을 거라 말했습니다. 합리적인 말입니다. 결과적으로도 일부 맞았습니다. 그러나 그 당시 남편의 말은 마치 "난 도울 수 없어. 여기까지가 내 한계야. 이제 네가 해결해"라고 말하는 것 같았습니다.

돌이켜 생각해봅니다. 약물치료는 분명 도움이 되었고, 필요한 게 맞았습니다. 그러면 어쩌라는 건지. 여전히 함께한다는 것, 너에게만 짐을 지우고 홀로 두지 않겠다는 것. 말이라도, 말만이라도. 말뿐인 치레를 하지 않는 진중한 남편이기에 더욱 어려웠겠지만 "네가 애쓰는 것 알아. 하지만 지금 의지대로 되지 않는 것 같아. 내가 같이 가 줄게. 알아봐 줄게. 할 수 있는 것들을 함께해 보자"라고 말하는 것을 상상해 봅니다.

산후 우울증은 산모뿐 아니라 아빠에게도 영향을 미칩니다. 티나 캐시디(Cassidy, Tina)의 《출산, 그 놀라운 역사》에 따르면, 미국에서는 8~19%의 산모가 산후 우울 증상을 경험하며, 자녀의 출생 후 1년간은

아이는 예쁜데 자꾸 눈물이 나요

4%의 아빠도 우울을 경험하는 것으로 조사되었습니다. 제 남편도 당시에 산후 우울증을 겪었던 게 아닐까 싶습니다. 힘들다는 말은 자신보다 더 아픈 사람이 있기에 호소하지 못하다가 겨우 털어놓은 말일 수 있습니다. 그러나 산후 우울증의 요인에 관한 연구에 따르면, 산욕기 산모에게 중요한 것은 사회적 지지이고, 그중에서 배우자의 지지가 가장 큰 영향을 미친다고 합니다.

남편들이여, 지금 여러분 곁의 아내는 생애 최초로 가장 어렵고 낯선 경험을 하는 중입니다. 우리 모두 힘든 인생이지만 조금 덜 힘든 사람이 더 힘든 사람을 이끌어주고, 그러다가 아내가 회복되면 반대로 의지하면서 살아가는 것이 부부 아니겠나요. 조금 힘들더라도 곁에 있는 아내에게 고생한다고, 고맙다고, 힘들겠다고, 함께한다고, 여전히 예쁘고, 언제나 최고라고 이야기해 주세요. 필요하면 달려온다고, 언제나 곁에 있다고, 당신이 언제나, 최고로 소중하다고.

멈추지 않는 눈물

울음을 겨우 잠가놓은 채 아기가 잠드는 시간을 기다립니다. 그러다 아기가 잠들면 거실 겸 부엌으로 나옵니다. 옷장 문을 열고 조금이라도 가려 봅니다. 끅끅 나오는 울음소리를. 우울을 곁에 두고, 저 아이는 어떻게 자랄까를 생각하며 미안해합니다. 혼자서는 도저히 알 수가 없어 지인들에게 연락해 말을 겁니다.

"○○아, 나 산후 우울증인 거 같아⋯", "그 시기에 다 그래~ 나도 얼마나 답답했다고⋯ 그래서 매일 밖으로 나갔어", "나도 나갔다 왔는데 집에 오면 똑같아", "에고, 내가 집으로 놀러 갈게!"

"선생님, 제가 너무 눈물이 나요. 너무 불안하고⋯", "지금 정말 중요한 일 하는 거야. 그 시기만 버티면 잘했다 싶을 거야", "정말요? 정말 그런 거겠죠?"

"○○아, 아기 키우면서 언제가 가장 힘들었어? 신생아 때가 제일 힘

아이는 예쁜데 자꾸 눈물이 나요

든 거 맞아?", "지금도 힘든데?", "으악"

누군가가 아기가 신생아일 때 가장 힘든 게 맞고 커갈수록 나아질 거라 말해 주어도 사실 썩 와닿지는 않았습니다. 게다가 그때가 차라리 나은 거라고, 갈수록 다른 힘듦이 있다는 경고는 더욱 도움이 되지 않았습니다.

"언니, 언니도 혹시 산후 우울증 있었어?", "나? 좀 우울하긴 했지. 우울증까진 아닌데. 아기 자는 시간에 취미활동을 해 봐. 운동도 하고", '언니, 대단하다. 난 운동까지 할 여력은 없어…'
"선생님, 아기 키우는 게 이렇게 힘든 건 줄 몰랐어요. 하루 종일 매여 있고", "다들 그렇게 키우는 거지, 뭘~"

제가 아는 아이를 낳은 사람이 100명이면 거의 70명에게 연락해 물어본 것 같습니다. 아이를 낳고 어땠는지, 이렇게 계속 눈물이 나고 우울했는지, 다 이런 건지, 나아질 수는 있는 건지. 그러나 대답은 제각기 달랐습니다. 우울하지 않았다는 사람, 답답했다는 사람, 출산 전에 조금 우울하다가 출산하고 괜찮았다는 사람 등. 그러나 아무리 찾아봐도, 저만큼 우울했다는 사람은 없었습니다. 우울도 비교한 것 같아 우습지만, 이는 그만큼 산후 우울에 관한 담론이 형성되지 않았고, 산후 우울 관련 정보와 조언을 얻기 힘들다는 뜻입니다.

출산을 경험하지는 않았지만, 누구보다 현실적이고 사리에 밝은 조언을 해 주시는, 저를 오래 지켜본 선생님께도 여쭤봅니다. "선생님, 저는 어떤 사람이었어요? 제가 어떤 사람이었는지 기억이 안 나요. 저 원래 이렇게 우울한 사람이었어요? 이렇게 부정적인 사람이었나요?", "아니야, 선생님. 지금 당연히 힘들 수밖에 없지. 지금이 힘들어서 그런 거야. 너무 잘하고 있어~" 돌이켜보면 당시 저의 질문은 잃어버린 나를 찾기 위한 질문이었습니다.

'엄마로 대체된 자리에 사라진 나는 어디 있나요? 혹시 저라는 사람을 보셨나요? 나는 어떤 사람이었나요? 나라는 사람이 존재하긴 했나요? 아이를 키우는 기계가 되어버린 건 아닌가요? 앞으로 이렇게 평생, 엄마로만 살아야 하는 건가요? 그 엄마라는 걸 이렇게 슬프고 무겁게 여겨도 괜찮은 건가요? 그렇다면 전 다른 엄마보다 아이를 사랑하지 않는 것 같은데, 제가 이상한 거지요? 저 나쁜 엄마지요? 저 이제 어떻게 해야 하지요?'라고 말입니다. 그리고 극심한 불안과 혼란으로 저는 지인에게 묻고, 맘카페에 다음과 같은 다양한 문의 푸념 글을 올렸습니다.

아이는 예쁜데 자꾸 눈물이 나요

기록한장

2017년 7월

· 신생아 때가 제일 힘든 건가요? 아니면 더 힘들어지는 건가요?

· 혼합으로 수유 패턴 어떻게 잡나요?

· 폐구균 백신 맞으면 원래 열이 많이 나나요?

· 수면 교육 따로 안 해도 누워서 자나요?

· 먹놀잠 패턴 꼭 맞춰야 하나요?

· 아기 몇 시에 놀고 몇 시쯤 잠드나요?

· 백일 전에는 엄마가 늘 잠이 부족한 게 정상이죠?

2017년 8월

· 친정에서 조리 끝나고 집에 왔는데 엄마가 너무 보고 싶어요…

· 육아가 너무 어려워요…

· 출산 후 친정엄마 생각이 계속 나요…

· 저만 육아를 못 하는 것 같아요. 저녁 잠투정이 두려워요.

· 아기가 잠에서 깨면 밤수를 해야 하나요?

· 모유 생성 호르몬이 자율신경계를 방해한다던데, 단유하면 우울감이

　나아질까요?

· 산후 우울증 겪어보신 맘 계신가요? 언제쯤 어떻게 하니 좋아졌는지

제발 조언과 희망의 말씀 부탁드립니다.

· 두 달 조리 후 집에 왔어요. 엄마가 부르던 자장가를 따라 부를 때, 내가 싫어했던 엄마의 행동이 떠오를 때, 엄마가 사용했던 아기 물건들을 볼 때, 힘들어하면 달려와 주셨을 때. 엄마 생각이 너무 많이 나고 눈물이 나서 미치겠어요... 아기에게 집중해야 하는데 몰래 우느라 힘들고 미안해요.

이렇게 나 자신도 이해하지 못하는 감정을 겪어 본 사람들을 찾아 산모가 많이 가입해 있는 카페에 글을 남기고 묻고 그 시간을 버텼습니다.

아기 방울, 달마중, 섬집 아기 등 엄마가 맛깔나게 불러 주시던 자장가들. 우리 아기가 들었고 어린 제가 들었고, 엄마가 들었을 곱고 고운 노랫말들이 이렇게 가슴을 후벼 파는 시였을 줄이야. 고운 어머니가 아기를 품에 안고 미소를 띠며 노래 부르는 것을 듣고 있을 때면 가슴이 아려옵니다. 엄마가 예뻐서, 그 예쁜 엄마가 옛날에는 얼마나 더 예뻤을까 싶어서. 노래가 다정해서, 노래가 슬퍼서. 지금 행복해서, 지금 이 행복한 순간도 언젠간 그리워지겠지 싶어서. 예쁘고 고마운 엄마를 바라보며, 당장 용돈을 드릴 수도, 시원하게 뭐라도 해 드릴 수도 없고 그저 지난 세월을 통감하는 것만이 할 수 있는 일입니다.

아이는 예쁜데 자꾸 눈물이 나요

건강가정지원센터에서의 상담

　무료로 상담을 제공하는 건강가정지원센터(현 가족센터)에 방문하기로 합니다. 혹시 아는 얼굴이 있나 싶어 염려되었지만, 그런 걸 가릴 처지가 아니었습니다. 상담사이기 때문에 오히려 상담이 도움이 된다는 것, 문제가 있어서 받는 게 아니라는 것을 잘 알고 있기도 했습니다. "아이는 예쁜데 자꾸 눈물이 나요" 제 첫마디였습니다. 이어서 접수를 받는 상담원의 몇 가지 질문에 답하고, 10회기의 무료 상담을 받을 수 있다고 하여 신청서를 작성합니다. 내 이야기를 할 수 있다는 사실에 기뻤던 기억이 납니다. 접수 상담을 진행한 선생님께서 아이를 키워 본 경험이 있는 여자 선생님을 원하는지 묻습니다. '누구라도 좋지만, 내 경험을 이해해줄 수 있는 분이면 좋겠다'라고 이야기한 것 같습니다.

　가족센터에 전화해 제 기록이 남아있는지 물어보니 자세한 것을 공개할 수 없어 일부를 알려주십니다. 일지에 적힌, 상담사와 함께 정했던 제 상담 목표는 '엄마로서 자신감 키우기'였다고 했습니다. 다시금 저의 분투가 이해되는 말입니다. '내가 엄마로서 자신이 없었구나. 조금 더 무던하고 여유롭게 이 상황을 받아들이고 해 나가고 싶었구나.'

막상 상담을 받자 선생님의 상담 방식과 제가 원하는 상담 방식이 맞지 않아 5회기에 상담을 종결했습니다. 그래도 상담 때 그리고 싶은 것을 자유롭게 그려보는 작업이 있던 회기는 좋았습니다. 친정 식구들과 결혼 전에 괌으로 가족여행을 한 것을 그렸습니다. 연 푸른 빛의 바다가 드넓게 펼쳐져 있고 모래사장을 걷는 장면이었습니다. 부모님과 동생까지 네 식구의 비행기표와 숙소, 일정을 모두 제가 예약하고 준비하여 떠난 여행이었기에 부모님이 기뻐하실 때마다 뿌듯하고 자랑스러웠던 기억이 있습니다. 그렇게 제가 어떤 역할을 해내고 성취했던 기쁨은 이루 말할 수 없었습니다. 지금의 어려움은 더는 그러지 못할까 봐, 효도하지 못할까 봐, 자유롭지 못할까 봐, 돈도 벌지 못할까 봐 두려워하는 마음에서 기인한 것 같습니다.

아이는 예쁜데 자꾸 눈물이 나요

정신건강복지센터에서의 상담

잠에서 깬 아기가 배고프다고 칭얼거립니다. 저 앞에 젖병과 분유 통이 보입니다. 저는 앉아서 울다 말고 멍하니 그것들을 바라봅니다. 아이의 울음소리가 계속해서 들립니다. 분유를 타야 하는데 몸이 말을 듣지 않고, 이대로 쓰러지고 싶다는 생각이 듭니다. '난 이걸 해낼 자신이 없어. 누가 나 대신 좀 해주면 좋겠어. 도망가고 싶어. 쓰러지고 싶어' 그러다가 아기의 울음소리가 커지는데도 꼼짝하지 않는 저 자신을 알아차립니다. 이대로는 안 되겠다고, 지금 내가 내 뜻대로 되는 상태가 아니라고, 아이가 이런 내 옆에 있다가는 죽겠다고 생각합니다.

보건소에 정신건강복지센터가 있다는 말에 문의 후, 난생처음으로 아이를 안고 버스에 올랐습니다. 상담까지 어떻게 기다렸는지 기억이 나지 않습니다. 그러나 희망을 품고 그 간극을 버티며 내 이야기를 할수 있다는 생각으로 버스에 올랐을 것입니다. 상담 시간이 되어 옷을 갈아입고 머리를 질끈 묶고 뒤돌아보니 아이가 엎드려 "엄마, 나 뒤집기 한 거 봤어요?" 하듯이 아주 귀엽고 해맑은 얼굴로 고개를 세웁니다. 시간은 그렇게 흐르고 있었습니다. 죽을 것 같이 무너지는 시간에도 나는 아이를 키우고, 아이는 자라고 있었습니다.

낯선 공간에 들어서 낯선 사람을 만나자 아이는 여지없이 울기 시작합니다. 엄마도 울고, 아이도 울고. 아기띠를 한 상태로 아이를 달래며 푸근한 인상의 남자 선생님께 이야기를 이어 나갑니다. 상담사가 사용하는 기술 중에는 '자기개방'이라는 것이 있습니다. 내담자가 처한 상황과 비슷한 개인 경험을 상담사가 개방하는 것으로 이는 의외로 높은 효과를 보입니다. 깊은 통찰로 이끌 수 있는 기술은 아니지만, 우선 내담자에게 '나만 그런 게 아니구나'라는 보편성을 깨닫게 하고 위로를 제공하는 측면이 있습니다. 선생님께서도 한 가지 자기개방을 해주셨습니다. 아이가 신생아였을 때 아내와 어떻게 키웠는지를 이야기하시자, 저는 비난이나 제재 없이 실컷 울 수 있었습니다. 참 고마운 시간이었습니다.

우리가 일상에서 울려고 하면 얼마나 많은 제재가 따르나요? 누군가 울기 시작하면 달랜다고 하는 이야기가 바로 "울지 마"인 걸요. '눈물이 나지? 울어도 돼. 괜찮아. 눈물이 그칠 때까지 곁에 있어 줄게. 지금 마음이 어떤데?'라고 마음으로 묻는 상담사가 있는 공간에서 실컷 울기만 하는 것으로도 우리는 위안을 얻습니다. 상담에서 받을 수 있는 것, 상담사가 자신을 갈고닦으며 제공하려 애쓰는 것이 '무조건적

아이는 예쁜데 자꾸 눈물이 나요

긍정적 존중'이거든요. 이 무조건적 긍정적 존중이라는 개념은 '카운슬링(counseling)'이라는 말을 처음으로 사용한, 인간중심치료이론의 창시자 칼 로저스(Carl Rogers)가 이야기한 개념입니다. 그에 따르면, '개인의 주관적 경험은 다른 사람의 관점에서 보기에 부적절하고 이상한 것일지라도 그 자신에게 체험된 진실이기 때문에 충분히 존중받을 가치가 있다'라고 합니다. 울 만한 이유, 아플 만한 이유까지 찾을 필요가 없습니다. 그저 그것을 수용 받을 때 우리는 진정한 자신에 대한 탐색을 시작하고 발전을 모색할 힘을 얻습니다.

상담실 밖을 나오면 또다시 내 행동을 설명하고 납득시켜야 하는 세상이 펼쳐집니다. 무더위에 안겨 있는 아이가 신경 쓰였습니다. 보건소 정류장 근처에는 김밥집이 있었고, 실컷 말하고 나니 허기가 져서 김밥을 한 줄 사서 집에 갈 생각이었습니다. 이렇게 하면 집에 가서 아기를 달래며 밥을 차리지 않아도 됩니다. '김밥 한 줄만 사서 버스 타는 것쯤이야 괜찮겠지' 싶습니다. 사실 이렇게까지 긴 이유를 들 필요도 없는 일입니다. 김밥집은 김밥을 사 먹을 사람을 위해 열려 있었고, 저는 김밥을 먹고 싶었으니까요.

하지만 실컷 울어 빨개진 눈과 얼굴로 김밥을 주문하는데 "이 더운데 아기를 데리고 돌아다니면 어떡해!"라는 말이 들려옵니다. 볼 일이 있어 나왔다며 얼른 김밥 한 줄 달라는 말에 "아, 아기 덥잖아! 숨 막히게 아기띠로! 얼른 들어가요!"라고 합니다. "그래요. 미안해요. 내가 아기를 덥게 했어요. 그런데요… 저는 죽을 것 같다고요. 제가 여기에 왜 왔는지도 모르시잖아요. 저는 살기 위해 왔다고요… 아기 엄마는 더운 여름엔 김밥 한 줄도 못 사 먹어요?!" 쏘아붙이듯 대답했는지, 삼키듯 대답했는지는 기억나지 않습니다. 애정이 담긴 잔소리와 쌀쌀맞은 책망을 구분하지 못하는 사람도 아닙니다. 다만 아직도, 그 김밥집이 여전히 김밥을 사러 오는 누군가를 기다린다는 간판을 걸고 있는 것을 보면 신기합니다. 환영받으며 김밥을 살 수 있는 사람이 따로 있는 걸까요? 살아보려 발버둥치며 상담을 받고, 끼니를 김밥 한 줄로 때우려 한 사람이, 아기를 안고 있는 엄마라는 게 책망받을 일이었을까요?

아이는 예쁜데 자꾸 눈물이 나요

정신건강의학과
약물치료

상담을 지속하고 싶다는 말에 보건소는 전문의를 연결해 주었습니다. 전문의를 기다리는데 누구의 눈에도 띄고 싶지 않아집니다. 긴 웨이브 머리도 사치라 여겨 단발로 잘라 질끈 묶은 머리를, 수유하기 좋은 허름한 티를 누구에게도 들키고 싶지 않습니다. 그러나 누구라도 좋으니 제발 나를 바닥에서 끌어올려 주었으면 하는 바람입니다. 과연 나는 나아질 수 있을까, 제발 누가 나를 도와주면 좋겠다…

전문의와의 상담과 간단한 심리 검사 후, 담당자는 정신건강의학과 방문을 권유합니다. "제가 많이 심각한가요?", "지금 의지대로 되는 상태는 아니에요. 지금도 계속 울고 계셔서…" 그제야 양 볼에 흐르고 있는 눈물을 자각합니다. '내 의지대로 되지 않는 상태가 맞는구나. 힘을 내 봐도 힘이 나지 않았던 게 맞는구나. 내가 잘못한 것도, 이상한 것도 아니었구나' 정신건강 상담을 권유받았을 때 느낀 건 놀랍게도 안도감입니다.

정신건강의학과 선생님께서 말씀하셨습니다. "나도 애를 두 명 낳았는데, 두 번 다 산후 우울증이 왔어요", "정말요? 정말이에요?", "네. 아는데도 그렇더라고요. 저도 바로 약 먹었어요" 내 잘못이 아니라는 생각이, 내가 못난 것도 아니고 약한 것도 아니라는 생각이 확고해집니다. 상담사이자 심리학을 공부한 사람인데도 출산 후 감정 조절을 못한다고 해서 자책할 일이 아니라는 사실을 깨닫습니다. 정신건강의학과 선생님도 약을 드셨으니까요. 그랬던 선생님이 지금 이렇게 단단하게 앉아서 미소 지으며 진료를 보고 계신다는 사실에 나도 나아질 수 있다는 희망이 생겼습니다. 그렇게 묻고 돌아다녀도 만날 수 없었던 산후 우울증 경험자, 그리고 완치자! 그런 분을 담당의로 만나다니, 더없는 치유이고 희망이었습니다.

"수면이 부족하면 더 우울해져요. 그리고 햇빛, 산책 이런 게 도움이 될 거예요." 선생님이 덧붙여 말씀하셨습니다. 그렇게 처음으로 약을 받고, 가족회의를 했습니다. "지금 상태가 약이 아니면 낫기가 어려울 것 같대요. 그런데 약을 먹으면 단유해야 한다는데" 아빠는 병원에 다녀온 것을 '대단하다'라고 하십니다. 무엇을 하든 대단하다고 해주시는 아빠의 말을 이번에도 믿어 보기로 합니다. 그러나 제 성격을 잘 아시기에 염려를 표합니다. "단유했다가 혹시 나중에 자책할까 봐서 하는 말인데, 집에 들어와서 지내는 거 어떠니?" 아빠의 제안에 적어도 나와 아기가 이러다가 죽지는 않겠구나 싶어 안도감이 들었습니다. 남편도 제가 오랜 시간 혼자 있을 것을 생각하니 걱정이 된다고 합니다. 그렇게 약 복용은 잠시 보류하고, 친정에 가 있기로 했습니다. 친정에서 도움을 받는 것만으로 증상이 나아지는지 지켜보기로 한 것입니다.

　아기 침대와 바운서, 모빌, 분유통과 젖병, 젖병 소독기구, 옷가지들을 챙겨 아빠의 차에 싣습니다. 금의환향이 아니라 부상한 운동선수의 강제 은퇴 같은 느낌입니다. 아빠가 차에서 짐을 빼 6층으로 하나하나 옮기며 땀을 뻘뻘 흘리는데, 미안하면서도 고맙고 안도감이 들어 이곳에 평생 눌러앉고 싶습니다. 그러나 고맙다고 넉살을 부릴 수는 없었습니다. 받은 게 너무 많아 괜히 어깨가 펴지지 않습니다. 무능하고 짐이 되는 느낌, 고생시키는 느낌입니다. 그러나 더는 피할 곳이 없기에 눈을 딱 감고 의지합니다.

　괜찮아, 괜찮을 거야. 괜찮아질 거야… 하루에도 몇 번씩 오르내리는 불안감에 결국 약 복용을 시작하기로 합니다. 그날부터 아이에게 젖을 물릴 수 없습니다. 아이에게 줄 수 있는 건 분유밖에 없습니다. 아기를 안고 어스름이 내리는 밤을 보니 미안한 마음이 들어, 아기를 더 꼭 안고 달랩니다. 그날 비가 내렸는지 내리지 않았는지, 어쩐지 창밖에 비가 잔뜩 내린 것만 같습니다.

걸어라, 하니

수유와 재우기 등 아이를 키우는 데 당면한 과제는 해내지만, 정신은 영 딴 데 가 있는 것 같습니다. 편안함이 느껴졌다가도 멍해지고, 눈물이 나고, 미안합니다. 과연 나아질 수 있는지 두려워했다가, 어두운 기운을 내뿜으며 울다가 웃다가, 벌벌 떨었다가. 그러다 갑자기 의사 선생님의 말씀이 떠오릅니다. "엄마, 나 햇빛 보면서 좀 걸어야겠어"

'나 있잖아, 엄마가 세상에서 제일 좋아. 하늘 땅만큼' 만화 〈달려라 하니〉의 주제가 속 노랫말입니다. 육상선수인 하니는 엄마에 대한 그리움을 달리기로 승화합니다. 저는 우울감을 걷기로 승화하기로 합니다. 그런데 다짐과는 달리, 마치 더 자유롭게 울기 위해 걷는 것 같은 저를 발견합니다. 자유시간을 자유롭게 울기 위해 얻은 시간처럼 사용합니다. 즐기지를 못합니다. '이게 끝나면 똑같을 텐데?'라는 생각에 과거를 회상하며 감정을 극대화합니다.

제 친정은 원도심에 있습니다. 시선이 닿는 곳곳마다 옛 기억이 묻

아이는 예쁜데 자꾸 눈물이 나요

어 있는 동네. 산 역사 같은 동네. 어디를 가도 어린 시절, 미혼 시절이 떠오릅니다. '저 길로 내가 걸어서 퇴근했었지. 퇴근하면서 옷도 사고 음악도 실컷 들었는데. 남편이랑 저기에서 데이트했었지…' 남동생이 다니던 학교가 나옵니다. 부모님과 동생의 졸업식에 갔던 날, 엄마가 사람들과 나누는 대화를 듣고 있었습니다. 아이들 학습이 어떻고, 학원이 어떻고 하는 말들. "엄마들 대화 정말 싫다" 엄마에게 한심하고 답답하다는 듯 내뱉었던 말이 떠오릅니다. 엄마, 상처받지 않았어? 미안해. 내가 너무 몰랐어… 걷고, 걷고 또 걷습니다. 모교가 나옵니다. 하굣길에 불량식품을 사 먹으며 느릿느릿 한눈팔다 집에 도착하면 거실에는 TV를 보고 있던 엄마가 있었습니다. 그 집으로 가고 싶습니다. 누군가가 나를 기다리는, 도착하면 그저 쉴 수 있는 그런 집.

아무리 걸어도, 눈물이 잦아들지 않습니다. 이만하면 비타민D를 충분히 쬔 것 같은데. 비타민D가 몸에 흡수되어 효과를 보려면 얼마나 더 햇볕을 쬐어야 하는지. 걸으면 걸을수록 슬퍼지면 걷지를 말아야 하는지.

아직 더 전화하지 못한 지인이나 선생님이 계신지 기억을 더듬어 봅니다. 함께 전문 서적을 읽으며 스터디를 했던 상담심리전문가 선생님이 떠오릅니다. "선생님, 우울증 환자 많이 만나 보셨죠? 제가 산후 우울증이래요… 혹시 약물을 복용하면 나아질까요?" 제 질문에 선생님은 따뜻하게 공감하며 경험담을 들려주셨습니다. 그러고는 한 번도 우울해 보인 적이 없는데 우울하다니 호르몬의 문제인 것 같다고 하십니다. 충분히 위안이 되었습니다. 약물을 복용하면 도움이 되고, 우울하면 생각이 부정적으로 흐르기 쉬우므로 부정적인 생각을 끊어내는 연습을 중요하다고 덧붙이십니다. 친절하게 전해 주는 정확한 정보는 힘이 됩니다.

두 번째 약을 받으러 가던 날, 아빠와 함께 집을 나서며 엄마에게 "다녀오겠습니다"라고 말하는데 다시 울음이 터집니다. 이 말을 그렇게 하고 싶었어. 예전처럼. 아빠와 함께 출근길에 나서던 때처럼. 학교 갈 때처럼. 나갔다가 다시 엄마와 아빠가 있는 집으로 돌아오고 싶었어. 그 따뜻함 속에서 보호받는 느낌으로 계속 있고 싶었어… 어린아이가 된 듯한 느낌을 받고 싶었나 봅니다. 이를 심리학 용어로 '퇴행'이라고 합니다. 스트레스 상황에서 어린 시절로 돌아가려는 현상입니다. 친정으로의 복귀는 저에게 있어 일종의 퇴행이었던 것 같습니다.

그러나 일을 마치고 집에 돌아와 다 큰 딸을 또 키우는 기분을 느껴야 했던 엄마가 슬슬 부아가 치밀기 시작했던 것을, 저는 자각하지 못했습니다. "남들 다 하는 거 왜 너만 그러니. 조금만 힘을 내 봐라. 가만히 울기만 할 거면 밥도 차리고 빨래도 해라" 엄마의 말에 정말 남들도 다 그냥 하는 건지, 내가 문제일지도 모른다는 생각이 들었습니다. 그러나 진짜 일부러 그러는 게 아니야, 나도 노력하고 있어요… 엄마는 요즘 엄마들이 너무 육아를 편하게 해서 그런 거라고, 저에게 천 기저귀도 쓰고, 반야심경도 외우라고 하십니다.

산후 100일째

C.C

임신 기간: 막연한 불안감이 있었고, 막달부터 심해지기 시작.

출산 후: 심한 감정 기복. 엄마가 되는 것에 대한 불안. 육아에 대한 걱정. 모든 것에 자신이 없고 눈물만 남. 노래만 들어도 눈물이 나고 조절 불가능.

2017년 9월 1일(초진)

C.C

산후 우울증

Treatment

사로프람정 10mg, 자나팜정 0.25mg, 개인정신치료(지지요법)

2017년 9월 13일(재진)

C.C

친정에서 지내는데도 힘들다. 좋으면서도 친정에서 지내는 게 마지막인 것 같은 생각이 저절로 들면서 자꾸 눈물이 나고 가슴이 아프다.

Treatment

브린텔릭스정 10mg, 자나팜정 0.25mg, 개인정신치료(지지요법)

2017년 9월 20일(재진)

C.C

주말에는 아주 좋아진 것 같다가 다시 비관적인 생각이 들면서 울컥한다. '부모님이 갑자기 어떻게 되면 어떡하지' 하는 쓸데없는 생각으로 불안해지고, 다운되었다.

Treatment

브린텔릭스정 10mg, 자나팜정 0.25mg, 개인정신치료(지지요법)

2017년 9월 27일(재진)

C.C

증상 전반적으로 개선됨. 지지와 격려, 안심, 환기 시행, 치료 동맹의 형성.

Teatment
브린텔릭스정 10mg, 자나팜정 0.25mg, 개인정신치료(지지요법)

2017년 10월 11일(재진)

C.C
많이 안정됨. 약을 안 먹어도 되지 않을까 하는 생각이 든다.
약물 감량하기로.
Teatment
브린텔릭스정 10mg, 자나팜정 0.25mg, 개인정신치료(지지요법)

2017년 11월 8일

C.C
다 나은 느낌.
Treatment
브린텔릭스정 10mg 1 1 14

2017년 11월 22일

C.C
안정된 상태. 치료 종료.
증상 개선됨.
지지, 격려, 안심
브린텔릭스정 5mg 1 1 7

아이는 예쁜데 자꾸 눈물이 나요

약물치료 Q&A

Q. 우울증 약은 한 번 먹으면 계속 먹어야 하나요?

A. 우울증 약은 내성이 없어 끊어도 금단 증상이 거의 생기지 않습니다. 다만, 우울증 약은 초기 증상이 호전되어도 3~6개월 정도는 꾸준히 복용해야 합니다.

Q. 우울증 약은 먹어도 효과가 없다는 데 사실인가요?

A. 우울증 약은 바로 약효가 나타나지 않습니다. 2주 정도 꾸준히 복용해야 비로소 활기가 생기고 마음도 안정됩니다. 증상이 심하면 2주를 그냥 기다릴 수가 없기에 불면, 불안, 과민함을 가라앉히기 위한 항불안제, 신경안정제 계통을 단기간 처방하기도 합니다. 또 우울증 약은 종류가 많고 사람마다 잘 듣는 약의 종류가 다릅니다. 따라서 약을 먹어도 차도가 없다면 실망하지 말고 전문의와 상담해 다른 약을 처방받는 게 중요합니다.

Q. 우울증 약은 부작용이 심하다던데 사실인가요?

A. 약이 시중에 유통되려면 10년 이상의 임상실험을 거칩니다. 약의 효과를 검증하고, 나타날 수 있는 부작용을 없애기 위해 상당히 엄격한 실험을 시행합니다. 승인 절차 또한 굉장히 까다롭습니다. 부작용이 있더라도 미미한 것이 대부분입니다.

출처: 우종민 정신건강전문의 '상담사가 알면 좋은 정신과 약물지식 초급 강의'

심리상담 정보

상담사라서가 아니라 내담자였던 사람으로서, 힘들고 괴로울 때 선택하고 시도해볼 수 있는 가장 좋은 것 중 하나는 '심리상담'입니다. 상담을 통해 현재 상황을 긍정적으로 바라보기, 감정을 정화하기, 문제를 해결할 방법을 찾아보기 등 다양한 시도가 있어야 변화할 수 있습니다. 문제 자체가 해결되지 않아도, 자신과 타인에 대한 이해를 통해 통찰을 경험하면 마음이 가벼워질 것입니다. '내가 그래서 이랬구나!'라는 알아차림이, 비슷한 어려움이 반복될 때 객관화할 수 있게 하고, 함몰되지 않도록 돕습니다. 괴로운 마음을 마법처럼 풀어 주지 않아 실망스러운 상담마저, 우울한 시기를 버티는 데 도움이 됩니다. 실로 '일주일에 한 번 상담실에 가서 털어놓아야지, 이 마음의 실체를 알아봐야지'라는 기대가 일주일을 버티게 하며, 마음껏 이야기할 수 있는 장소와 대상이 있다는 것만으로도 힘이 됩니다. 또한, 심리검사를 통해 아이와 양육자의 기질, 성향, 현재의 심리 상태(우울, 불안 등), 강점, 양육 태도, 양육 스트레스 등을 알아볼 수 있습니다.

1. 지역별 무료 상담 제공 기관
· 광역정신건강복지센터
· 정신건강복지센터
· 건강가정지원센터(가족센터)

2. 지역별 바우처 서비스
지역별로 연령 및 소득수준, 기타 조건 하에 일정 비율의 심리상담비 지

아이는 예쁜데 자꾸 눈물이 나요

원 서비스를 운영합니다. 주로 지역사회서비스지원단/주민복지과 등에서 관장하며 주민센터에서 신청받습니다. 성인은 주로 주 1회, 6개월 동안의 상담 지원이 제공되며, 신청 시 필요한 서류가 있을 수 있으니 미리 알아보면 좋습니다.

3. 매체를 이용한 상담

주기적으로 심리 상담을 받기 어려운 경우에는 아래와 같은 서비스를 이용해 시간과 장소에 제약 없이 상담받을 수 있습니다. 저는 '트로스트'의 채팅 상담 서비스를 이용해 죄책감과 불안 완화에 도움을 받았습니다.

- 트로스트: 텍스트(채팅) 및 전화 상담
- 마인드 카페: 텍스트(채팅) 및 전화 상담

4. 유료 상담 기관

보통 주 1회 방문해야 하므로 접근성이 좋은 기관을 선택하고, 상담사가 한국상담심리학회, 한국상담학회 자격증 소지자이면 좋습니다. 전화 문의, 접수 상담 등을 통해 원하는 것과 궁금한 것을 묻고 확인한 뒤 선택합니다.

PART 3

산후 우울증
제2막

산후 우울,
끝날 때까지 끝난 게 아니다

약을 복용하고, 조금 더 넓은 집으로 이사하며 홍수처럼 범람하던 울음이 점차 잦아들었습니다. 홍수가 휩쓸고 간 썰렁한 마음의 집에 여기저기서 구호물자를 보내 줍니다. 잃은 기운을 회복해야 하니 염치 불구하고 받을 수밖에요. "아기가 예쁘다. 잘하고 있어"라는 칭찬, 아기를 데리고 있어도 불편한 기색 없이 시간을 함께해 주는 다정한 이들, 아기를 봐줄 테니 얼른 밥 먹고 눈 좀 붙이라는 따뜻한 배려 같은 것들이 구호물자였습니다. 아기가 보고 싶다고 주기적으로 사진을 보내 달라는 것, 유일한 이야깃거리와 업적이 아기밖에 없는 것 같은 저를 바라봐 주고, 곁에 있다는 느낌을 주는 것도 저에게 든든한 지지가 되어 주었습니다.

3개월간의 약물복용으로 심연으로 가라앉는 기분과 밑도 끝도 없이 드는 부정적인 생각, 시도 때도 없이 눈물이 나는 증상은 완화되었습니다. 책을 쓰려고 진료기록부를 받으러 가니 선생님께서 "이 정도면 빨리 나은 편이에요. 보통은 6개월 이상 복용해야 효과가 나타나요. 게다가 육아 스트레스와 부부 갈등이 있으면 만성 우울이 되죠"라고 말씀하셨습니다.

우울감이 완전히 사라진 건 아니지만, 무기력하고 감정에 휩싸인 느낌에서는 벗어났던 것 같습니다. 예전의 나로 돌아온 것 같기도 하고, 어렴풋이 괜찮아진 느낌이 들고, 어느 정도 객관적인 판단을 할 수 있고, 부정적인 사고를 어느 선에서 멈출 수 있었습니다. 울더라도 아무 때고 눈물이 줄줄 흐르지는 않았습니다. 전에는 우울이 홍수처럼 겉으로 터져 나왔다면 이제는 밖으로 흐르지 않게 통제할 수 있을 정도라고 할까요. 그러므로 제 산후 우울은 호르몬 변화에 수면 부족, 비타민D 부족이라는 일차적인 생리적 이유와 더불어, 출산 과정에서 여성성을 상실한 듯한 수치심, 남편과의 친밀한 시간과 개인의 자유를 잃은 상실감, '엄마도 나를 이렇게 키웠구나' 하는 충격과 감사함을 표현하지 못했다는 죄책감과 후회, 앞으로도 이런 나날이 지속할 것 같은 두려움, 엄마로서 잘하고 있는지에 관한 불안, 한 아이를 24시간 평생 책임진다는 부담감, 우울감이 증폭시킨 부정적 사고와 모성이 부족한 엄마라는 죄책감과 자괴감 등이 한꺼번에 덮쳐온 파도 같은 것이었습니다. 물줄기라면 피할 수 있고, 물 한 바가지 맞는 거라면 닦고 성질 한 번 내 버리면 그만인데, 예고도 없이 덮쳐오는 파도에 뒤덮였으니 허우적거릴 수밖에요.

아이는 예쁜데 자꾸 눈물이 나요

분명 약을 통해 파도에서 구출되었습니다. 그러나 물가에서 완전히 멀어진 것은 아니었습니다. 옷은 젖어 있었고, 축 처지고 어딘가 막힌 것 같은 기분은 여전했습니다. 정처 없이 떠돌아다니고, 슬픈 눈으로 멍하니 창밖을 바라보는 시간도 계속되었습니다. 젖은 옷과 젖은 가슴을 수시로 닦고 말려야 했습니다. 그러나 이제 파도는 아닙니다. 물줄기를 한 번씩 맞아야 할 때입니다. 감정의 덩어리가 아니라 조금은 분리된 감정들을.

아이의 입원

이사 직후, 아이의 호흡기에서 그렁그렁한 소리가 끼기 시작합니다. 분유와 이유식을 먹다가 기침을 하더니 토해 버립니다. 안 좋은 예감은 현실로 나타납니다. 모세기관지염이었고, 약물치료로 며칠 보내다가 입원까지 하게 되었습니다. 토요일 오전, 남편이 짐을 싸러 집에 간 사이에 저는 아이를 안고 입원 수속을 밟습니다. 몇 층에서 몇 층으로, 다시 몇 층에서 몇 층으로 이동하며 아이와 나를 달래려 애쓰는데, 8개월 난 아이의 혈관에 수액을 꽂는 과정에서 마음이 무너집니다. 몇몇의 간호사가 아기의 혈관에 바늘 꽂는 것을 실패해 결국 수간호사가 호출되어 들어왔고, 이어 남편이 도착합니다. 저는 주삿바늘에 자지러졌던 아기를 안고 입원 생활 내내 이럴 거라는 두려움에 압도되었습니다. 앞으로의 병실 생활이 까마득하게 느껴집니다. 아직 서지도 못하는 아기이다 보니 주삿바늘이 빠지지 않게 하려면 주의해야 했습니다. '내 몸도 버거운데, 수액을 단 아이를 돌보며 그 좁은 방에서 씨름해야

아이는 예쁜데 자꾸 눈물이 나요

한다니. 화장실은 어떻게 가고, 밥은 어떻게 먹지?' 남편에게 휴가를 낼 수 있느냐 물으니 남편은 생각할 수도 없다는 표정입니다. 저는 남편에게 커피믹스를 사다 달라고 부탁합니다. 이 와중에 자기 마실 것부터 챙기는 이기적인 여자, 미성숙한 엄마라고 해도 소용없습니다. 커피믹스는 체력과 의지를 쥐어짜 보겠다는 선언 같은 것이니까요.

주말이 지나 1인실로 옮겼습니다. 그렇게 아이와의 병실 생활이 본격적으로 시작되었습니다. 친정엄마는 남편을 이해한다고 하셨고, 이해하라고 했습니다. "우리가 와 줄 수 있으니까 걱정하지 마" 또다시 친정 식구들과 '우리'가 되는 건가 봅니다.

부모님이 매일 와 주셨지만, 부모님께 받기만 하며 의존하는 것이 마음 편할 리 없습니다. 그래서 저는 입원 기간 내내 '의존과 독립 사이의 갈등, 받는 사람으로서의 적절한 표현의 어려움과 그로 인한 죄책감' 등을 친정 부모님과 남편에게 증폭시켰고, 특히 남편에게 그 울분이 폭발했습니다. 먹을 것을 사 오느라 시린 손에 입김조차 불지 못하고 왔을 남편에게 왜 나와 내 부모님이 다 하고 있는 것 같은지, 내가 배려를 받고 싶은 건 당신이라는 걸 아는지를 쏟아냈습니다.

남편에게 이해받고 싶었습니다. 남편에게 종일 아이를 달래고 함께 아파하던 것에 '애썼다, 고맙다'라는 말을 듣고 싶었습니다. 그러나 남편은 미안하면 도리어 화를 내는 성격이었습니다. 가시 돋친 제 말에 고맙다고 말할 마음이 사라졌는지도요. 남편 입장에서는 노느라 곁에 없었던 게 아닌데, 각자의 역할에 충실한 건데, 왜 일방적으로 너에게 고생했다고 해야 하는지 억울했을 수 있습니다. 혼자 있던 것도 아니고 종일 도움도 받았다면서. 그래도 남편이 제 마음을 알아주지 않는 것에 뼛속까지 서러웠습니다.

결국, 저는 "내가 힘들다는 걸 대체 어떻게 말해야 알 거야? 내가 죽으면 알아줄 거야?"라며 험한 말을 내뱉었습니다. 실제로 내가 죽어서 사라지면, 쓰러져서 어디 입원이라도 해 이 모든 일을 남편이 대신해 보면 내가 거짓말한 게 아니라는 걸, 엄살이 아니라는 걸 그때는 알아줄까 싶었습니다. 남편은 잠시 충격을 받은 듯했습니다. "그런 말까지 하면 어떡해. 그런 말은 하지 마…" 남편이 그제야 그렇게까지 힘들었냐고 저를 다독입니다. 남편이 안아주면 언제나 눈물이 나지만, 이렇게까지 얘기해야만 힘든 걸 알아준다니… 남은 나날이 두려워집니다.

답답한 가슴이 터질 것 같아 잠시 병원 로비에 나가 앉아 봅니다. 의자에 털썩 앉아 잡지 한 권을 들춥니다. 큰 건물의 로비에 들리는 차분한 백색소음, 차가운 냄새, 누구에게도 반응하지 않아도 되는 적막. 어디에선가 이렇게 혼자 아무 말도 하지 않고 의자에 앉아 잡지를 봤던 기억이 떠오릅니다. '해외의 어느 호텔에서였을까? 은행? 어딘가 너무 익숙한 느낌… 그리워했던 예전의 나로 돌아간 기분…' 이 단순한 행위만으로도 예전의 내가 된 듯하다니. 이 단순한 행위를 못 하고 있었다니.

아이는 예쁜데 자꾸 눈물이 나요

퇴원해도 된다는 말에 짐을 싸서 집에 돌아왔습니다. 거실에서 부모님이 짐을 풀어 주시는 동안 저는 방에서 아이의 낮잠을 재웠습니다. 뭔가 달그락거리는 소리가 나고 젖병을 몽땅 헹구시는 것 같은데… 순간, '나는 이제 다시 혼자야'라는 생각에 휩싸입니다. '남편이 오기 전에 당장 자 둬야만 해. 아이가 일어나면 보챌 거야. 다시 이 모든 것을 혼자 해내야 해' 하며, 지금은 무엇보다 자는 게 중요하다며, 부모님께 조금만 조용히 해 줄 수 있느냐 물었습니다. 그러자 엄마는 매우 서운해하시며 집을 떠나셨습니다. 제가 그토록 두려워하던 순간처럼. 버려진 것 같은 두려움. '내가 미쳤지. 그때 왜'라고 자책하며 엄마에게 전화해 사과합니다.

이사로 신혼 때 사지 못한 가구와 가전을 사고 마치 부자가 된 듯 좋아하며 잠시 잊었던 우울감을 아이의 입원과 퇴원 이후 다시 온몸으로 겪기 시작했습니다. 상담이 절실해졌고, 비용이 부담되어 아끼고 아껴 온라인 상담 2회기를 결제했습니다

혼자 남겨질까 봐

남편과의 갈등은 아기의 돌 무렵 전후로 극심했습니다. 입원으로 인한 서운함이 남아 있는 상태였고, 돌잔치에 대한 의견도 엇갈렸습니다. 돌잔치를 치르고는 긴장이 풀려 몸이 아팠습니다. 그러던 어느 날, 남편의 외출 약속에 불만을 표현하다가 큰 다툼이 났습니다. 세상의 거시적인 주제와 세상이 던진 문제들을 잊고 오로지 둘만 바라보는 싸움. 서로가 가장 큰 적이자 경쟁자가 되는 싸움. 그 비극적인 싸움은 한창 육아 중인 여느 부부와 같습니다. 서로 '나만 제일' 고생하는 것 같고, '나만 왜' 이렇게 고생해야 하냐고 합니다. 누가 더 깨지 않고 잠을 잘 수 있는지, 누가 더 늦게까지 잘 수 있는지, 누가 더 자유로운지, 누가 더 가정 경제와 육아에 헌신하는지, 누가 더 빨래에 신경 쓰고 설거지를 자주 하는지를 말합니다. 실업률이 높다는데 대체 왜 한 사람이 회사에서 12시간이 넘게 눈자위가 새빨개지도록 일해야 하는지, 어째서 한 사람의 인생에 일을 제외하면 다른 삶의 영역이 들어서기 어

아이는 예쁜데 자꾸 눈물이 나요

려운 사회인지에 대한 논의와 사회적 참여는 할 여유가 없습니다.

아이는 같이 만들었는데 나만 키우는 것 같고, 애써 키우는 아이는 다른 가문의 성을 따르고, 가뜩이나 돈을 벌지 못해 답답한데 경력 단절로 불안하기까지 하고, 집에서 편히 있는 것 같다는 오해를 받을 때는 억울함이 커집니다. 공과금 결제, 생필품 채우기, 아이의 발달에 따른 각종 아기용품 알아보고 구매하기 등 표나지 않는 수많은 일을 생색내자니 유치합니다. 여기에 지출 문제가 개입하면 치명적입니다. 아이에게 드는 돈에, 아이를 키우며 그나마 자율성을 발휘할 수단인 커피나 디저트, 배달 음식 등의 소비까지 늘기 때문입니다. 카드값이 왜 이렇게 많이 나왔는지, 이달에 아껴 써야 한다든지 하는 남편의 현실적인 말이 마치 왜 이렇게 많이 썼냐고 비난하는 것처럼 느껴집니다.

남편은 아이를 낳기 전과 다름없는 삶을 사는 것 같아 원망스럽습니다. 남편이 주말에 조금이라도 늦게 일어나면 속이 부글부글 끓습니다. 밤에 깨우지 않고 나 혼자 아기를 돌보는 게 나름의 배려라는 걸 안다면 주말에는 벌떡 일어나 좀 도우면 좋으련만, 잠에서 깨고도 세상 혼자 힘들다는 듯 기지개를 켜는 걸 보니 정말 화가 납니다. 이런 저의 시선을 남편이 모를 리 없습니다. 물론, 남편도 밤낮없이 일하고 주말에야 잠다운 잠을 자는데, 그마저 예전에 비하면 충분히 잔 것도 아닌데, 일어나려 애쓰는데, 잔뜩 부어 있는 제 얼굴을 마주하려니 억울하고 화도 날 것입니다. 남들은 아기 낳고도 술이며 낚시며 예전의 취미를 그대로 즐긴다는데, 나름 자제하다가 어쩌다 나가는 건데 제가 눈에 불을 켜니 답답했겠지요.

남편은 자신이 가족을 위해 일하고 있다는 것을 조금이라도 인지하고 있는지 궁금해했습니다. 회식과 야근에 대한 죄책감, 가정의 경제를 책임지고 있는데도 비난이 쏟아지니 힘이 나지 않았을 것입니다. 저의 '만약 결혼과 출산을 하지 않았다면 하지 않았을 일인가? 경력에 타격이 있는가?'의 물음 반대편에 남편의 말에도 일리가 있다고 생각합니다. 예전, 그러니까 우리 부모 세대 시절에는 밖에서 일하고 온 사람이 가장 힘든 사람이었고, 돌아오면 아내가 뜨신 밥에 미소를 지으며 겉옷이라도 받아 주었습니다. 그런데 집에 오면 이렇게 똥 씹은 표정으로 본체만체하는 아내라니요. 남편은 이런 제 모습에 화가 났고, 저는 늘 '돌아온' 사람만 환대받아야 하는지에 대한 의문이 있었습니다. 오히려 나가지도 못하고 안에서 아이와 씨름하는 사람에게 '아이구, 고생했지' 말해 줄 수는 없는지.

남편은 당시 주말에만 아이를 돌볼 시간이 났습니다. 육아를 담당해 완전히 체감하고 있던 건 아니니, 아마도 저를 그저 자신만 알아달라고 하는 또 한 명의 아기 같이 느꼈을지 모르겠습니다.

그러나 어떠한 주장의 타당성을 뒤로하고, 결국 먼저 사과하는 사람은 늘 저였습니다. 다시 혼자 남겨지는 것이 싫었고, 밉건 도움이 되지 않건 육아할 때 누군가 곁에 있는 게 좋았습니다. 대화할 수 있고, 의논할 수 있고, 불평하고 농담할 수 있다는 것. 덜 불안하게 밥을 먹을

아이는 예쁜데 자꾸 눈물이 나요

수 있고, 화장실에 도망 다니듯 다녀오지 않아도 되는 것. 아이를 안아주다 팔이 너무 아프면 나눠 안을 수 있는 사람이 있다는 게 안심되었습니다. 남편과의 관계에 있어, 집에서 기다려야 하는 사람은 영락없이 저입니다. 볼일이 있어서 아이를 맡기기 위해 다가가야 할 사람도 영락없이 저입니다. 싸우다 보면 남편이 화가 나서 나가버리는 장면이 상상되었습니다. 혼자 남겨질 것 같은 두려움, 다툼, 냉전 상태는 끔찍했습니다. 육아를 담당하는 사람이 언제나 약자인 것 같은 싸움.

그러나 남편과 수많은 대화를 나누며 서로에 대해 알아갑니다. 일을 안 해 본 게 아니니 그의 피곤과 억울함을 이해하려 애쓰고, 결국은 아기의 가장 사랑스러운 시기를 많이 보는 건 저라고 위안 삼습니다. 결국은 다가가 웃자고, 안아달라고, 나는 당신이 필요하다고 표현합니다. 어떻게든 그와 연결되어 내 불안한 마음을 잠재우려 합니다.

이 글을 쓰며 이제야 가족들과의 관계에 나타난 애착유형의 단면을 봅니다. 저의 죄책감과 수치심이 건드려지는 지점을 봅니다. 혼자서는 못한다고 관계에 의존하며 저 자신의 무능함부터 떠올리는 모습.

산후 우울은 호르몬 변화에, 당위적 자기, 이상적 자기, 실제 자기의 싸움에, 그림자의 일에, 원가족과의 관계와 부부간의 관계에 동반하는 성장통까지를 강하게 겪는 일이라는 생각이 듭니다. 욕구에 관한 인식, 적절한 자기표현, 관계에서 주고받는 것들에 관한 인식과 경계 설정 모두 예전에는 어려우면 픽 토라지거나 그만두면 되는 일이었습니다.

그러나 육아 중에는 타인의 도움이 너무나 필요하기에 내 불편한 감정을 어디에서 어디까지 어떻게 표현해야 할지 모르겠습니다. 도움을 받아도 불편하고, 도움을 받고자 할 때 어느 만큼 도와달라고 요청해야 할지 알 수 없었습니다.

사람들은 저에게 도움받을 수 있을 때 실컷 받으라고 했습니다. 다 한때라고. 저는 '한때'라는 말만 귀에 들어와 '그러다가 나중에 후회하면 어떡해. 그리워지면 어떡해. 도움받은 만큼 갚지 못하면 어떡해'라고 걱정했습니다. 그래도 부모님의 말씀은 늘 위안이 되었습니다. 아이 좀 봐 달라고 요청하면 "너희가 찾아줄 때 와야지" 하며 선뜻 와 주시는 부모님. 부모님들은 알고 계신 겁니다. 우리가 항상 '나중'을 생각할 때, 집중해야 할 것은 '지금' 뿐이라는 것을.

아이는 예쁜데 자꾸 눈물이 나요

아픈 건 내 탓

아이가 아프면 가슴이 쿵 내려앉습니다. '언제부터 아팠을까. 그때 이불을 덮어 주지 못해 그런가, 그날 거기에 다녀와서 그런가, 내가 조금 더 신경 써야 했는데…' 코가 막혀 힘들어하는 아이를 보면 내 탓 같아 미안합니다. 아주 날카로운 바늘 뭉치가 내 가슴을 후벼 파는 느낌.

약물치료를 위한 단유는 살기 위한 선택이었으나 역시 잔재를 남겼습니다. 아이가 아프면 내가 약해서, 내가 모유를 충분히 주지 못해 아픈 건 아닐까 싶었습니다. 검증할 데이터는 없지만, 있다고 해도 눈에 들어오지 않았을 것입니다.

미안한 마음뿐일까요. 그나마 아기를 데리고 마트나 문화센터에 다녀오거나 육아 친구들을 만나 수다를 떨고 바람을 쐬는 게 낙이었는데, 그마저 하지 못하고 집에 붙어 있게 되니 절망적입니다. 아이는 더 칭얼거립니다. 더 먹지 않고 더 자지 않습니다. 그럴수록 더 답답해집니다. 더 지치고, 더 자고 싶습니다. 여전히 이 세계에는 오직 방 안에서 씨름하는 아이와 나뿐입니다. 절망이라는 단어를 이런 일에 쓰다니. 아이가 불치병에 걸린 것도 아닌데, 누가 들으면 참 배부른 소리일 것입니다. 하지만 그때는 그게 다인 줄 알았습니다. 넓은 세상을 두고 집 안에서 왔다 갔다 하고 있자니 시야는 딱 그만큼이 되는 것 같습니다. 아이의 입원 이후로 아이의 아픈 신호는 더욱 두려운 것이 되었습니다. '또 입원하면 어떡하지? 또 그 좁은 곳에'. 남편과의 갈등도 두려웠습니다. '나는 남편이 나에게 줄 수 없을 만큼을 또 바라게 될 텐데' 싶었습니다. 그래도 입원하지 않은 것은 다행입니다. 아파도 먹을 수 있으면 다행이고, 열나도 경련이 없으면 다행입니다. 아기가 아플 때면, 무료하고 답답하게 지나던 일상이 얼마나 축복이자 평안이었는지를, 새삼 깨닫게 됩니다.

잘했어야 했어, 내가 챙겨야 했어, 놓쳤어, 왜 그랬을까? 이런 자기비난은 우울감을 느낄 때 가장 극심했습니다. 남편 앞에서 울고 위로받으며 '나라서 미안하다, 그래도 견뎌줘서 고맙다'라는 이야기를 무수히 반복했고, 아이에게도 '다른 엄마였다면 더 행복했을까, 산후 우울증 없는 엄마였다면, 요리를 잘하는 엄마였다면, 이기적이지 않은 엄마였다면'이라고 생각했습니다. 사랑한다고 말하고 싶었지만 '이렇게 우울해하고 이기적인 내가 사랑하는 게 맞는 걸까, 이렇게 딸리는 체력을 정신력으로 극복하지 못하는 게 사랑일까' 싶어 그 마음을 꿀꺽 삼키기도 했습니다. 사랑한다고 말하면 모순된 느낌에 자책했습니다. 자기

아이는 예쁜데 자꾸 눈물이 나요

혐오, 자기비난, 자기 회의감.

　이럴 때 필요한 게 '자기 자비'입니다. 자기 자비란 고통을 겪을 때 혹독하게 자신을 탓하는 것이 아니라 자기 자신을 온화하게 돌보는 것을 말합니다. 그렇지 않아도 힘겨운 자신을 비난하는 것은 우울에 아무런 도움도 되지 않습니다. 로날드 시걸(Ronald D. Siegel)의 《심리치료에서 지혜와 자비의 역할》에서는 '우울증은 결코 우리가 선택한 것이 아니라는 걸 알고 우리의 잘못이 아니라는 것을 이해했을 때, 나약함, 부적절함 또는 무가치한 느낌과 연관된 수치심과 자기비난을 극복할 수 있다'라고 합니다. 그리고 '사랑받고, 배려받고, 지지받는 느낌은 만족과 웰빙의 가장 중요한 요인 중 하나'라고 합니다. 그렇다면 그 사랑, 배려, 지지는 누가 줄 수 있을까요? 바로 우리의 가족, 친척, 친구와 지인, 상담사, 여러 기관과 서비스가 줄 수 있을 것입니다. 그리고 가장 중요한 사람은 지금 가장 사랑하는 사람, 나 아닌 다른 이를 돌보는 일에 열중인 사람, 바로 나 자신입니다.

　아기 돌보기도 바쁜데 언제 어떻게 자신을 돌보느냐고요? 짬을 내어 엄마 스스로 감정과 상태를 돌아보고 필요한 것을 채워도 괜찮습니다. 나도 보살핌이 필요한 사람, 나를 돌보는 일은 이기적인 일이 아니라 자신에 대한 책임이며, 장기적으로는 아이에게도 좋은 일이라는 것을 잊지 마세요. 니콜 르페라(Nicole LePera)는 《내 안의 어린아이가 울고 있다》에서 '부모로서 아이에게 해줄 수 있는 최상의 일은 시간과 에너지를 바쳐서 자신을 돌보는 것'이라고도 했습니다. 아이는 오히려 공동조절을 통해 그 과정을 내면화한다는 것이지요. '내가 나를 향해 자비를 보이지 않는다면 내가 당신(타인)을 향해 진실한 자비를 보이는 것도 불가능하다'라고 했습니다. 진정한 자비가 무엇인지 알아야 타인에게도 자비로운 시선을 보낼 수 있습니다. '나에게는 왜 제대로 수행하지 않느냐' 채근하면서 타인에게 있는 그대로 괜찮다고 말할 수 있을까요.

우리와 가장 오랜 시간을 보내는 우리 자신이, 자신에게 관대하고 너그러워야 합니다. 자신에게 사랑과 위로와 격려의 말을 건네야 합니다. 세상에서 가장 사랑스러운 아기의 엄마인 당신은, 그 사랑을 받을 자격이 있습니다.

아이는 예쁜데 자꾸 눈물이 나요

자비 안에 머물기

1. 이완된 자세로 앉아 편안하게 호흡하세요. 천천히 리듬을 느끼고 내쉬는 숨을 조금 길게 가져옵니다. 몸이 점차 느긋해지게 하세요.

2. 모든 사람은 행복하기 위하여 애쓰고 있고, 우리 또한 마찬가지입니다. 우리는 우리에게 일어나는 모든 일을 조절할 수 있는 것이 아닙니다. 사람으로서 우리가 지닌 약점은 비난의 대상이 아닙니다.

3. 당신이 알고 있는 아주 자비롭고 현명한 사람의 얼굴을 떠올립니다. 잘 알지 못하는 사람도 괜찮고, 유명인도 좋습니다.

4. 현재 당신이 겪고 있는 고통을 떠올려 봅니다. 그러한 고통을 겪는 당신의 모습을 그 사람이 바라봅니다. 그 자비롭고 현명한 사람이, 당신의 고통에 대해 아주 자비롭고 따뜻하게 위로의 말을 건넵니다. 온화한 표정으로, 지혜로운 수용의 말을 건네는 것을 상상합니다.

5. 잠시 그 따뜻한 느낌 속에 가만히 머뭅니다.

요리사 과락

산후 우울증은 아이가 두 돌이 되기 전쯤에야 완전히 괜찮아졌고, 그 아이가 현재 6살입니다. 그런데 얼마 전, 딸이 제 의견에 거부 의사를 표현하며 짜증을 부릴 때 가슴이 욱신거리며 무언가 올라오는 느낌을 받았습니다. 화일까? 거절에 대한 반응일까? 그러던 중 상담을 통해 그 정체를 알았습니다. 그것은 '좌절감'이었습니다.

이유식을 먹일 무렵에도 가슴이 살짝 두근거리며 꽉 죄어오는 듯한 느낌이 있었습니다. 특히 애써 만든 이유식의 온도를 조절하지 못해 아이가 뱉어낼 때 가장 심했습니다. '틀렸어. 성급했어' 하며 욱신.

밥 먹이기는 원래 많은 엄마들이 어려워하는 일입니다. 요리를 못하고, 요리했을 때 아주 맛있는 요리가 나오기 드문 저 같은 엄마에게는 더 그렇지요. 고기를 잘 먹어야 한다는데 제 아이는 소고기 이유식에 영 흥미가 없습니다. 친구의 9개월 난 아이는 큰 소고기 한 점을 들

아이는 예쁜데 자꾸 눈물이 나요

고 씹어 먹는데, 우리 아이는 고기라면 고개를 돌립니다. 먹이기에 관한 의무감은 아이와 저를 신경전으로 내몹니다. 인간이라는 종에 회의가 들 지경입니다. '지극히 동물로 태어나는구나. 그 동물을 인류의 문화와 생활방식에 맞춰 키우는 게 육아구나. 진화해 만물의 영장이 되었는데도 태어날 땐 가장 미숙하고 취약하게 태어나는 게 인간이구나' 어처구니없습니다. 진화했으면 진화한 상태 그대로 태어나면 안 되는 거니? 이 모든 수고로움이 불필요하게 느껴집니다.

친인척이나 지인에게 '아기가 작다, 고기는 잘 먹나'라는 말을 듣는 것은 치명적입니다. 수치심과 화는 연결되어 있습니다. '아기를 또래에 맞게 키우지 못했어, 잘못하는 엄마라고 말하는 거야'라는 수치심과 '그럼 좀 먹여 봐 주세요. 알아서 잘 클 거예요'라는 항변, '왜 내가 그 말을 들어야 해? 내가 줬는데 안 먹었어'라는 분노가 섞여 가슴이 욱신거립니다. 남편이 요즘 아이가 잘 안 먹는 것 같다고 하면 마치 나를 비난하는 것 같아 신경이 곤두섭니다. '엄마가 잘 먹여야지'라는 사회의 시선을 감내하고 있다는 것을 모르는 남편은 아이가 안 먹는다는 말에 위축되고 예민해지는 저를 이해하지 못합니다.

아이들이 좋아한다기에 들뜬 마음으로 흉내 내 본 요리에 손도 대지 않거나, 종류별로 차려내도 한 가지만 먹고 식사를 마치는 통에 식탁은 밥 먹기를 위한 작전이 펼쳐지는 장이 됩니다. '아이가 먹지 않으면 크지 않고, 크지 않으면 나는 괴로워진다'라는 생각에 아이가 배고파하는지, 뜨거워하는지, 입맛에 맞는지, 아이와 내가 즐거운지 등을 살필 여유가 없습니다.

아이가 조금 잘 먹는 것 같으면 어김없이 불길한 신호가 열을 동반해 찾아왔습니다. 구내염, 식도염 등의 질환은 다시 아이에게 밥을 먹지 못하게 하고, 애써 늘려놓은 몸무게를 정체시키거나 후퇴시켰습니다. 영유아 검진에서 잘 크고 있다는 의사의 말이 들리지 않습니다. '몇 퍼센트'에 위치하는지 일괄적인 잣대만이 엄마의 성적표로 인쇄됩니다. 아이의 몸무게가 평균 아래면 엄마는 재수강을 신청해야 할 심정으로 '다음에는 더 크겠지'라고 기대합니다. 아이의 체구와 체질, 입맛과 성향을 있는 그대로 인정하고 괜찮다고 이야기하기가 요원해집니다. 그 과정에서 아이도 상처받습니다.

커가면서 아이는 숟가락을 주면 핑크 숟가락이 아니라고, 국그릇에 국을 떠주면 뽀로로가 안 그려져 있다고, 오늘은 왜 반찬이 이것밖에 없느냐고 번번이 저에게 좌절감을 안깁니다. 물론, 여러 반응 중 제가 그 말들만 골라 선택적 주의를 기울였을 수도 있겠지요. 지적받지 않으려고 일부러 핑크 숟가락을 내놓으면 "오늘은 그거 말고 엘사!"라고 합니다. 그러고 보면, 늘 준비한 것을 알아주지 않는 반응, 지적하는 반응에서 가슴이 욱신거렸습니다.

아이가 꽤 커서 참여한 어느 상담 워크숍에서 아이의 반응에서 오는 감정에 관해 이야기한 적이 있습니다. 살펴보니 "내가 한다고 했는데 잘 안되었구나. 또 틀렸구나"라는 말을 하고 있었습니다. 상담사 선

아이는 예쁜데 자꾸 눈물이 나요

생님께서는 그 말을 반복해서 돌려주셨습니다. "열심히 해 보려고 했는데 이것도 잘 안되고, 저것도 잘 안되고… 또 못했네? 또 틀렸네? 하며 속상하셨군요" 그 뒤로 저는 울면서 이야기를 이었습니다. "네. 맞아요. 제가 그 생각을 정말 많이 했어요. 또 못 했구나, 또 틀렸구나. 흑흑" 그러면서 과거의 감정과 접촉한 저는 또 묵은 감정이 내장부터 올라오는 듯 길고 서러운 울음을 터트렸습니다. "제가 요리를 못하거든요. 요리를 너무 못해서… 아기가 잘 안 먹거든요. 끄억억… 네가 만약 다른 엄마의 딸이었다면, 더 맛있는 요리를 먹고 더 행복했을까… 그런 생각을 했어요. 어흐어어…"

그렇게 열심히 해 보려고 했는데, 그게 잘 안되어 속상했다는 걸, 그 정체가 좌절감이었다는 걸 상담사의 단순한 공감에 알아채고 내면을 만나 실컷 울었습니다. 답답함이 뻥 뚫렸습니다.

"어떤 엄마가 좋은 엄마라고 생각하세요?", "아이가 가진 것을 잘 알아봐서 키우고 잠재력을 키워주는 엄마요", "본인은 좋은 엄마로서의 어떤 자질을 지녔다고 생각하세요?", "저는 다정하게 말하는 편이고요. 잘 웃어줘요. 감정도 잘 읽어주고 놀아주기도 하고요…", "어머. 정말 좋은 점이 많은 엄마네요", "남편도 그렇게 얘기해요. 너처럼 잘해주는 엄마가 어디에 있느냐고요" 실컷 울고 난 뒤에 이어진 상담에서 저는 제가 그렇게 장점이 많은 엄마라는 걸 그때 처음 알았습니다.

우리는 엄마로서 요리사, 교육자, 놀이 선생님, 살림꾼, 보호자 등

실로 많은 역할을 해내야 합니다. 그에 대한 보상은 가끔 단비처럼 주어지는 아이의 말, 미소, 고운 땀 냄새, 보드라운 살결 같은 것들이지요. 사실 요리사, 살림꾼, 보호자의 역할만으로도 어렵습니다. 아이가 어릴 때는 아마 그것들 위주로 충족했을 테고요. 그러나 아이가 클수록 엄마의 양육 태도, 상호작용, 다양한 자극과 놀이 제공까지 중요시되며 수행해야 할 역할은 배가 됩니다. 저는 그 다양한 역할 중 요리사 하나가 일등 요리사가 되지 못했다고 나머지 영역을 평가 절하한 것입니다. 제 안의 또 다른 제가 열심히 하고도 비난받느라 얼마나 억울하고 기를 못 폈을까요. 신기하게도 그날의 상담 이후로 가슴이 욱신거리는 증상이 사라졌습니다.

아이는 예쁜데 자꾸 눈물이 나요

아주 작은 소원 하나

아기는 작다는 소리를 듣는데, 나는 왜 이렇게 자주 배가 고픈지. 뭔가가 계속 먹고 싶습니다. 아마 자신에게 가장 손쉽게 제공할 수 있는 쾌락이 먹는 것이기 때문일 것입니다. 먹지 않는 아기와 전쟁을 치르다가 '에라, 나라도 먹자' 하고 우걱우걱 뭔가를 먹다 보면 나만 혼자 돼지가 되는 느낌이 들며 수치스럽고, 어찌나 한심하던지. 그렇다고 충분히 잘 먹은 것도 아닌데.

밥을 허겁지겁 먹는데 자던 아이가 깬 적은 얼마나 많을까요. 오랜만에 면 요리를 후루룩 먹고 싶어 라면을 끓이면, 백이면 백 "애앵" 하는 아기의 울음소리가 들립니다. 면 요리를 먹고 싶습니다. 뜨거운 국물이 가득 든 그릇에서 바로 면을 건져 올려서 면 치기를 해 보고 싶은데. 생선을 먹고 싶지만, 이유식에 쓸 게 아니면 굽기가 쉽지 않습니다. 가시를 바를 여유도 없습니다. 숯불에 갓 구운 고기도 먹고 싶습니다. 우걱우걱 입안에 담아 둘 수 있고 든든함이 오래가는 고기. 유아 식탁

의자가 있는 외식 장소를 부지런히 찾아보지만, 역시 선택하기가 쉽지 않습니다. 연기도 아이에게 해로울 것 같고, 불이 있어 위험할 것 같고, 굽는 동안 아이가 버텨 줄지 의문입니다. 시끌벅적하니 술자리 모임이 있는 장소도 예민한 아이가 힘들어할 것 같습니다. 이렇게 먹고 싶은 요리를 먹지 못할 이유는 너무나 많습니다.

남편이 회식하고 온다고 하면 부러운 마음이 앞섭니다. 무엇을 먹냐고 물었는데 "또 고기야"라고 하면 성질이 버럭 납니다. 대신 먹으러 가 주겠다는 말은 농담이 아닙니다. 모르는 사람들 사이에 앉아 허허실실하며 술잔도 부딪칠 수 있습니다. 저녁 외식을 할 수 있다면! 숯불에 구운 쫄깃하고 베지근한 흑돼지를 먹을 수 있다면!

유일한 복지, 낮잠

잔 기억이 없는데 벌써 아침입니다. 아이가 자는 시간은 유일하게 내가 나로 있을 수 있는 시간, 유일하게 긴장을 풀고 하고 싶었던 일을 하는 시간입니다. 아이가 잠들고 나면 하고 싶은 게 너무나 많습니다. 부족한 잠을 보충하고 싶고, 라면도 먹고 싶고, 핸드폰을 들여다보거나 책도 읽고 싶습니다. 누구는 그 시간에 홈 트레이닝을 한다던데 낮잠을 자도 체력이 부족한 저에게는 먼 이야기입니다.

유난히 아기가 안 자고 보채거나 잠이 들 것 같다가 안 자는 날이면 화가 머리끝까지 치밀고, 겨우 재웠는데 금방 깨면 허탈합니다. '나도 오늘 밤에는 하고 싶은 게 있어!' 내가 그렇게 많은 걸 원했는지? 아주 소박해진 소망이 측은하지만, 이 소박한 소망을 위해 작은 아이에게 잔뜩 화가 나 있는 모습이 초라하고 못나 보입니다. 당시 제 아이는 잠이 들면 30분을 채 안 자고 눈을 뻘롱 떴습니다. 그러면 곁에서 토닥토닥 잠을 더 연장해 줍니다. 아기띠로 재워야 하는 날도 있습니다. '절대 이번 낮잠이 30분 만에 끝나면 안 돼!'라는 마음으로요. 아기는 엄마가 곁에 있어야 더 잘 자는 것 같습니다. 엄마가 옆에 있으면 40분도 자고 1시간도 잡니다. 아이가 잠들면, 커피 한 잔을 천천히 마실까, 시원하게 샤워를 할까, 부지런히 요리를 해 둘까 고민하지만 우습게도 우선순위는 휴식입니다. 사실 아이 옆에서 할 수 있는 건 결국 핸드폰으로 이것저것 구경하기입니다. 책이라도 읽을까 하면 책장 넘기는 소리가 아이를 깨울 것 같고, 생산적인 일을 하고 싶어 영어 단어 앱을 켜 보지만 집중이 되지 않습니다. 핸드폰으로 맘카페를 들락거리며 엄마들의 고민을 읽기도 하고, 필요한 정보도 얻습니다. 떨어져 가는 분유와 기저귀를 주문하고, 이런저런 뉴스 기사를 훑습니다.

가장 정신건강에 해로운 일은 타인의 SNS를 보는 것입니다. SNS 속에는 어쩌나 대단한 엄마가 많은지요. 식판에 보기 좋게 담아낸 유아식, 아기가 잠든 새 뚝딱 만들어낸 그럴싸한 요리, 재봉으로 만든 예쁜 아기용품, 부지런한 운동… 그러나 아기가 낮잠 자는 시간에 쉬지 못하면 하루를 버티기 힘든 저질 체력에, 대범하게 소음 속에서 아이를 재워 보지도 못하는 저는 같이 누워 곁을 지키는 수밖에요. 2순위가 핸드폰 만지작거리기라면 1순위는 사실 잠입니다. 아이가 잠들자마자 밤에 자지 못한 잠을 보충하기 바쁩니다. 그런데 가장 필요한 일을 했음에도 자고 나면 왠지 자괴감이 몰려옵니다. 부지런하지 않다, 생산적이지 않다, 가정을 위한 일을 하지 않았다 등의 부정적인 사고와 부정적 정서가 지속합니다. 극도의 생리적 산후 우울증은 끝났을지 모르지

아이는 예쁜데 자꾸 눈물이 나요

만, 여전히 저에게 우울감이 남아 있었던 것이지요.

엄마가 되고 가장 많이 하게 되는 것 중 하나가 핸드폰 사용입니다. 다양한 아기용품을 검색해 주문하고, 육아 정보를 얻거나 나누어야 하기 때문입니다. 어딘가 소속되고 싶은 마음은 있지만, 실제 만남으로 이어지기 어려우니 단톡방이나 맘카페 등 온라인 커뮤니티에 접속합니다. 아기의 사진을 업로드하기 위해 SNS를 시작하는 엄마도 많습니다. 소속감과 유능감을 충족하기 위한 시도일 수 있습니다. 그러나 SNS와 각종 온라인 커뮤니티에 접속하는 시간이 늘면 나와 타인을 비교하는 횟수와 시간도 늡니다. SNS에서는 '사람들 눈에 비치는 나'라는 새로운 정체성이 생겨납니다. 그러면서 타인과 자신을 비교하며 자신을 정의하게 됩니다. 이것을 '사회적 비교(social comparison)'라고 합니다. SNS 사용을 통한 사회적 비교는 반추적 사고와 우울로 이어지기 쉽습니다.

《소녀는 어떻게 여성이 되는가》의 저자 레이철 시먼스는 '가장 안 좋은 나날을 보내는 나의 내면을, 가장 좋은 날을 보내고 있는 남의 외면과 비교하는 일은 절대 이길 수 없게 조작된 도박과 같다'라고 이야기합니다. 그리고 그 도박판을 떠나려면 무심결에 핸드폰을 드는 습관을 깨야 한다고 말했습니다. 물론, 소셜미디어를 권장하지 않는 것은 아니라고도 밝혔습니다. 소셜미디어를 통해 성취를 자랑하고 알리는 것은 리더십의 기술이기 때문입니다. 이를 보았을 때, 중요한 것은 소셜미디어를 자신을 나타내는 척도이자 남과의 비교 수단으로 삼지 않는 것입니다. 이를 위해 저자가 제안하는 방법은 다음과 같습니다.

- 소셜미디어는 남들에게 나를 증명하기 위해서가 아니라, 나에 관해 무언가를 이야기하기 위해 사용한다.

- 경쟁의 도구로 소셜미디어를 사용하지 않고, 타인과 소통하기 위한 도구로 사용한다.

- 남들이 나를 어떻게 생각하는지 묻기 위해 소셜미디어를 사용하지 않고, 내가 세상을, 내가 중요하게 여기는 문제를, 내가 나를 어떻게 생각하는지를 표현하기 위해 사용한다.

- 소셜미디어에 무언가를 올리기 전에 자신에게 이렇게 물어본다. "이것을 올리는 목적이 무엇인가? 지금 내 기분은 어떠한가?" 그리고 그 질문에 솔직하게 답한다. 격려의 말을 듣기 위해 소셜미디어를 사용하는 거라면 과연 옳은 걸까?

- 인터넷이 아닌 오프라인에서 지지와 소통, 격려를 주고받고 들을 수 있는 장소를 적극적으로 찾아본다. 소셜미디어 외에 원하는 유대를 경험할 수 있는 자원으로 무엇이 있을까? 스스로에 대한 확신이 부족해 자신감을 북돋우는 말을 듣고 싶을 때 부탁할 사람으로 누가 있을까?

아이는 예쁜데 자꾸 눈물이 나요

친구가 필요해

하루에 하는 말이라고는 "얼구~ 맘마 줄까? 졸려? 까꿍! 얼구, 잘한다! 아~ 먹어 보자~ 맛없떵? 아니야? 먹어 보자~ 어디 보자~ 쉬했어~ 응가했어~ 다리 쭉쭉~~ 아구, 예뻐라!"입니다. 무슨 말을 해도 좋으니 성인의 언어로 대화하고 싶습니다. 당시 집에 방문해 성인의 대화를 나눠준 모든 이들께 감사합니다. 그런 시간은 행복한 기록으로 남았습니다.

성인의 대화를 하지 못한 날에는 마트라도 다녀왔습니다. 거리를 오가며 아기에게 말을 건네는 사람들 덕에 행복해지고, 그 말에 답하고 웃으며 행복해하고, 계산하며 점원과 인사를 나누며 행복해졌습니다. 찰나의 웃음과 대화가, 삽시간에 활기로 이어졌습니다. 제가 누군가와 소통할 때 행복해하는 것을 알고는 육아 동지라는 존재를 사귀어 보려 애썼습니다. 지역 맘카페에 가입해 월령이 비슷한 아기 엄마들을 만나 키즈카페도 가고, 이런저런 육아 정보를 나누며 관계를 형성하려고 애썼습니다. 남편이 가장 이해하지 못하는 부분입니다. 인터넷상에서 만난 사람과 친구가 된다? 방금 만난 사람의 집에 방문하고 어딘가를 함께 간다? 그래도 맘카페에 이런 육아 동지를 구하는 글에 댓글이 많이 달리는 걸 보면 저만 필요로 한 건 아니라는 뜻이겠지요. 다양한 육아 돌봄 사업이 나타나는 것만 보아도 그렇습니다. 과거에는 공동육아가 자연스러웠으나, 급변한 사회에서는 육아의 외로움이 두드러집니다.

'미치지 않고 혼자 일하는 법'이라는 부제가 달린 《솔로 워커》에는 '행복한 사람들은 타인과 더 많은 시간을 보낸다'라는 실험 결과가 공개되어 있습니다. 흥미로운 사실은 행복을 느끼기 위한 교류의 상대가 반드시 아는 사람일 필요도, 심지어 꼭 대화를 나눌 필요도 없다는 것입니다. 피실험자들은 카페에서 처음 만난 바리스타에게 말을 건 것만으로도 기분이 좋아졌습니다. 한 가지 실험이 더 있습니다. 거리를 지나다가 모르는 사람과 눈을 맞추는 것입니다. 그리고 눈을 맞추는 것만으로도 연결된 느낌을 받는다는 결과를 얻었습니다. 이에 저자는 솔로워커들에게 혼자 보내는 시간을 줄일 현실적인 방법을 생각할 필요가 있다고 말합니다. 예를 들어, 무언가를 살 때 온라인 대신 실제 매장에 방문하는 것입니다.

육아하는 사람 대부분이 솔로워커입니다. 동료도, 상사도, 동아리도 없습니다. 그러므로 알아서 동료 즉 전우애까지 느끼는 '동지'를 찾고 모임을 만드는 것입니다. 각자 자신의 아이를 키운다는 프로젝트일지언정 같은 장소에서 만나서 이야기를 나누고 싶어 합니다. 저도 그랬

아이는 예쁜데 자꾸 눈물이 나요

습니다. 돌아보면 대학 시절에도 꼭 사람이 많은 도서관을 찾아 사람들을 구경하며 공부하기를 즐겼습니다. 누군가와 연결되기를 소망하고 즐기는 사람인 것입니다. 아이를 키우며 육아 동지를 모집하는 글에 댓글을 달아 참여도 하고, 직접 모집도 하며 고립감에서 벗어나기 위해 애썼습니다. 그러나 저에게서 뿜어 나오던 우울감 때문일까요? 아니면 대화의 주제와 취향이 맞지 않아서 혹은 온라인으로 맺은 인연 자체가 오래가기 어렵기 때문이었을까요? 그렇게 만난 인연이 꽤 되었으나 대부분이 한두 번의 만남 뒤에 끝이 나 버렸습니다. 대부분이 궁금해하는 육아 정보나 육아 팁을 몰랐기에 이야기를 나눌수록 무능함만 확인하는 것 같기도 했습니다. 사실 제가 원한 건 육아하는 시간을 함께 보내는 것이기도 했지만, 마음속 이야기를 나눌 수 있는 관계였습니다. 아기를 돌보며 육아 주체인 '당신은 괜찮은지, 나는 사실 가라앉는 것처럼 외롭고 우울한데 나만 그러한지, 당신도 그러하다면 서로를 위로하며 친구가 될 생각이 없는지' 등이 궁금하고 알고 싶었습니다. 우울을 내뿜으며 상대에게서 우울을 찾는 제 모습이 불편했을 것 같기도 합니다.

육아 동지와 만나는 시간을 맞추기도 쉽지 않습니다. 아기들의 낮잠 시간을 피하고, 손님을 맞이하기 위해 집을 정리했는지를 고려하고, 한 아기의 엄마나 아기가 감기 기운이 있으면 만남은 취소됩니다. 약속해서 만나는 인연보다 동네의 편한 엄마를 갑자기 만나는 게 가장 잘 성사되는 듯해서 빌라 단지 놀이터를 기웃거리며 얼마나 허기지게 다른 엄마들을 살폈는지. 그러나 마주하게 되는 건 텅 빈 집의 어두움 속에 혼자 빛나고 있는 시계뿐.

저는 주부들이 가장 바빠질 시간인 저녁이 가장 외로웠습니다. 저녁만 되면 누군가가 그리워지고 누군가를 찾고 싶었습니다. 또, 외롭지 않은 사람을 만나면 내 외로움을 감추느라 필요 이상의 에너지가 들고 어색한 반응이 나왔습니다. 남편의 퇴근 시간이 사랑받는 아내임을 확인하는 척도로 여겨졌습니다. '내가 아는 엄마들 가운데 제일 꼴등이야. 가장 늦게까지 아기와 놀이터에 남아 있는 나는…' 숨고 싶었습니다. 사람들과 너무나 연결되어 함께하고 싶으면서도 너무나 숨고 싶었습니다.

어느 날의 일기엔가 '나는 세상에서 가장 행복한 사람'이라고 적혀 있어서 무슨 일이 있었나 하고 봤더니 '남편이 오늘 6시에 퇴근한단다 ~!'라고 적혀 있지 뭐예요.

아이는 예쁜데 자꾸 눈물이 나요

콧바람 쐬려다
바람 빠진 풍선 되고

　아기와의 긴 하루를 덜 무료하게 보낼 방법으로 대표적인 게 문화센터 수업입니다. 정기적인 일과를 만들어주고, 어딘가에 갈 곳이 있고 약속이 있다는 느낌을 주기에도 충분합니다. 사실 그간 놀이를 통한 상담으로 많은 아이를 만나고, '아동중심적 접근'을 선호했던 저에게 문화센터 수업이 필수는 아니었습니다. 아이에게 필요한 자극은 집안 곳곳에 있고, 엄마가 사용하는 각종 생활 도구가 훌륭한 놀잇감이라는 걸 알고 있었으니까요. 그래서 저는 오직 아기를 키우는 누군가와 소통할 수 있기를 바라며 문화센터에 다녔습니다. 저에게 필요한 자극, 성인과의 대화, 육아에 관해 대화할 수 있는 관계, 아이를 돌보는 동안에도 성사될 수 있는 만남이었습니다. 이러한 것은 문화센터나 키즈카페 같은 곳이 아니면 접하기 힘들었습니다. 그것이 차도 없던 제가 꾸역꾸역 문화센터에 다닌 이유입니다.

　그러나 문화센터도 제가 원하는 것을 얻기에 적합한 곳은 아니었습니다. 일정 시간에 놀잇감을 제공하고 거두는 방식에 대한 불편한 마음은 참을 수 있었지만, 그곳에 오는 엄마들은 이미 누군가와 짝을 지어 오거나, 끝나면 바삐 돌아갔습니다. 누군가와 말을 섞어도 인연으로 진전되기 어려웠고, 다들 아기에게 신경 쓰기 바빴습니다. 저처럼 어딘가 우울함과 외로움이 덕지덕지 묻어나는 얼굴로 새로운 인연을 바라는 것 같지도 않아 보였습니다.

게다가 제 아이는 낯선 상황이 두려워 대부분의 시간을 제 어깨에 매달려 있었습니다. 지금 생각하면 제 욕심을 위해 아기에게 힘든 시간을 안긴 것 같아 미안합니다. "아직 싫어? 낯설어?" 하며 공감하는 시늉은 했지만, 마음 깊이 아이를 이해하고 안쓰러워하기보다 '대체 왜 우리 아기만 이러지?'라는 생각에 안 그래도 아기를 안고 있느라 더운 가슴이 화와 억울함으로 뜨끈해졌음을 인정합니다. '왜 나만 이러고 있지? 내가 제일 힘들어 보이네? 내가 아이를 잘못 키우고 있나?' 하며 누구와도 공감대를 쌓을 수 없었습니다.

기다리는 거 싫어

〈선다방〉이라는 TV 프로그램이 방영되던 때입니다. 한 남성 출연자가 '소개팅에서 잘되면 상대방을 매일 집에 데려다주고 싶다'라고 적은 장면이 나왔습니다. 그것을 소리 내어 읽은 배우가 '데리러 갈게'라는 말이 참 멋있는 말 같다고 합니다. "지금 어디야?", "나 다방", "그래? 지금 밖에 비 온다", "그래? 나 비 오는 거 좋아하는데", "몇 시 정도에 끝날 것 같아?", "열 시 정도에", "그럼 열 시에 데리러 갈게" 짧은 상황극에 고운 배우가 환하게 웃습니다. 손을 잡고 거니는 커플들의 영상이 이어집니다. 저도 연애하고 싶어집니다. 예전에는 많이 데리러 왔는데 이제는 매일 저만 남편을 기다립니다. 짝사랑도 이런 짝사랑이 없는 것 같습니다. 결혼하고 나서 짝사랑을 하게 될 줄이야. 남편은 아기가 우는 얼굴과 제가 우는 얼굴이 똑 닮았다고 놀리고는 "거실에서 안방으로 데리러 갈게"라고 합니다. "아, 뭐야아~" 울다가 웃음이 터집니다. "언제든지 데리러 갈게" 덧붙이는 남편의 말에 다시 또 울음이 터집니다.

데시(Deci)와 라이언(Ryan)은 인간이 살아가는 데 매우 보편적이고, 건강한 발달에 꼭 필요하며, 사람들의 성장과 웰빙을 위해 필수적인 심리 자양분으로 '자율성, 관계성, 유능성'이라는 세 가지 욕구를 꼽았습니다. 이 욕구들은 생애의 전 과정에 지속해서 충족되어야 하며, 이것이 충족되어야 성장과 삶에서의 만족을 경험한다고 하였습니다. 반대로 필수 욕구가 충족되지 않으면 건강과 성장, 안녕에 문제가 생깁니다. 구체적으로 첫째, 자율성 욕구는 '개인이 자신의 의지와 심리적 자유를 선택하는 경험'을 하는 것입니다. 통제가 아닌 스스로 결정하고 행동할 때 충족합니다. 둘째, 관계성 욕구는 '타인에게서 배려받고 자신 또한 타인을 배려하며 공동체에 대한 소속감을 느낌으로써 타인과 연결되는 따뜻함'을 말합니다. 셋째, 유능성 욕구는 '개인이 여러 활동을 통해 자신의 기술과 능력이 효과적이라는 느낌, 활동에서 느끼는 확신과 효능감'을 말합니다. 이 세 가지의 기본적인 심리 욕구는 인간이 공통으로 지닌 욕구이기도 합니다. 동기 분야 국내 전문가 신성만 교수는 소속감과 유능감을 역기능적으로 추구하면 우울의 증세를 경험하게 된다고 하였습니다.

육아는 더없는 고립을 경험하게 하여 소속감을 충족하기 어렵습니다. 잘해도 본전이고, 아기의 울음소리를 통해 욕구를 읽어내야 하니 초보 엄마는 유능감을 경험하기도 어렵습니다. 아기에게 온전히 집중하고 아기의 욕구에 맞춰 행동해야 하므로 자율성의 욕구 또한 충족

아이는 예쁜데 자꾸 눈물이 나요

이 어렵습니다. 아기가 잠들면 늦게까지 나만을 위한 시간을 보내고 싶어 핸드폰을 보거나 영화를 보고, 먹고 싶었던 음식을 먹는 것은 바로 이 자율성 욕구 충족을 위한 자연스러운 시도일 것입니다.

육아 도중 우리의 이러한 기본 욕구들이 얼마나 충족되고 있는지, 그리고 그 방법이 건강한지를 아는 것이 중요하게 생각됩니다. 이러한 욕구들의 균형이 깨지고 결핍이 크다면 스스로 대안을 찾고, 주변에서도 적극적으로 도움을 주어야 할 것입니다.

1. 나의 욕구 충족 정도를 알아보아요.

  (1) 자율성 욕구의 충족 정도를 표시하고, 어떨 때 그 욕구가 충족되었는지
  써보세요.

  (2) 관계성 욕구의 충족 정도를 표시하고, 어떨 때 그 욕구가 충족되었는지 써보
  세요.

  (3) 유능성 욕구의 충족 정도를 표시하고, 어떨 때 그 욕구가 충족되었는지 써보
  세요.

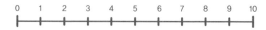

2. 덜 충족된 욕구를 찾아 일상에서 채울 수 있는 방법을 찾아보아요.

   (1) 자율성 욕구(예: 내가 먹고 싶은 것 스스로 결정해서 먹기, 취미 활동 등)

_____

_____

_____

   (2) 관계성 욕구(예: 친구와 통화하기, 마트에 다녀오기, 남편과 시간 갖기 등)

_____

_____

_____

   (3) 유능성 욕구(예: 새로운 요리 도전하기, 나 자신을 칭찬하기, 어제와 다르게
성장한 내 모습 찾기 등)

_____

_____

_____

*유능성 욕구 충족에서 어떤 가시적 성과나 성취가 아니더라도 내적인 면, 가치적인 면 등은 얼마든지 스스로 칭찬할 수 있습니다. 그리고 그것을 소리 내어 말로 하면 더 큰 효과를 볼 수 있습니다.

짐이 된 기분

아이를 성가셔하지 않고 기꺼이 함께 시간을 보내 준 지인들, 혼자 있는 저의 말벗이 되어 주기 위해 찾아온 지인들은 평생 은혜롭게 기억될 정도로 고마운 분들입니다. 그중 저에게는 정기적으로 만나 상담 공부도 하고, 경험과 소감을 나누어주신 선생님들이 계십니다. 선생님들은 일과 경력에서 멀어져 불안감과 우울감을 호소하는 저에게 다시 공부를 제안해 주시기도 하셨습니다. 예전과 같은 삶을 살 수 있다는 설렘을 느꼈던 모든 장면이 소중합니다.

그러나 이유식을 싸서 아이를 데리고 선생님의 상담센터에 가면, 함께 읽으려던 논문은 제쳐 두고 우울함 성토대회가 되어 버리고는 했습니다. 아이가 전시되어 있던 스노볼을 잡으려 해 제지하려다가 놓쳐 와장창… 러시아에서 직접 사 오셨다는 스노볼이 와장창… 너그러운 선생님은 허허 웃으셨지만, 예전처럼 모여 공부할 수 있다는 제 기대도 와장창, 민폐가 되지 않으려 애쓰던 제 평정심도 와장창.

아이는 예쁜데 자꾸 눈물이 나요

'나랑 함께 있는 게 불편하시겠지?' 싶고, 소속되고 싶지만 소속되기 어려운, 함께 있고 싶지만 함께하기 어려운 이 난처함. 터덜터덜 돌아오는 길에 세상이 저에게서 더욱 멀어집니다. 그럴수록 아기를 더욱 끌어안습니다. 세상에는 우리 둘뿐이라고. 행여라도 아이를 원망할까 두려워 더 토닥입니다. 품에 잠든 아기의 정수리 향기가 제 마음을 위로합니다. 잘 견디고 있다고, 덕분에 내가 자란다고, 당신의 사랑을 받고 자라는 사람이 여기 당신과 함께 있다고.

부모님께서 준 자유시간에 만난 것도 그 선생님들입니다. 우습게도 선생님들을 만나자마자 또 울음이 터지는데 이번엔 오랜만에 감격의 오열입니다. "혼자서 나오는데, 너무 좋았어요… 너무 좋았어요오…" 그간 늘 아이와 함께 다니며 민폐를 끼친다고 생각했던 것 같습니다. 당당하게, 부채감 없이 선생님들을 만날 수 있다는 사실에 안도감을 느끼고, 무거운 짐가방을 멘 듯했던 어깨가 가벼워 감정까지 해방됩니다. "우리 떠나자!" 외곽으로 멀리멀리. 그러나 아무리 일상의 대화를 하려고 해도, 아무리 다른 이야기를 다른 생각을 하려 해도 애월 해안도로의 창밖을 바라보며 '인생이 왜 이렇게 슬픈지 모르겠어요'라는 말 따위만이 나왔다는 후기. 맛집을 알까요 유행가를 알까요, 아는 것은 내 아기이자 그저 침잠하는 곳은 나의 감정. 그 말을 하면서도 무거운 기운을 내뿜는 자신이 짐스럽게 느껴지던 제가, 아직도 기억이 납니다.

구세주

1층 저의 집에서는 창만 열면 부모님께서 도착하는 모습이 보였습니다. 아빠의 짙은 회색 차량과 두 분이 걸어오시는 모습은 언제나 구세주처럼 느껴집니다. 두 분이 가시면서 아이에게 "나중에 또 올게"라고 하는 인사만큼 두렵고 괴로운 게 없었습니다. 갑자기 변한 상황에 대한 충격은 또 갑자기 무언가를 변화시킬 것만 같았습니다. 그리고 부모님께 받은 도움에 은혜를 갚아야 한다는 생각도 강했습니다.

하도 아기띠를 하고 걸어 다니다 보니 갑자기 골반과 발목에 통증이 생겨 절뚝거리게 되었습니다. 운전을 배우기로 결심합니다. 염치없지만 엄마에게 아기를 봐 달라고 부탁하고, 아빠에게 운전 연습을 부탁합니다. 너른 공터에서 주차 연습을 하고, 천천히 도로를 달리고, 빌라 단지를 돌아 봅니다. 아빠가 가신 뒤 혼자서 아기를 카시트에 태우고 빌라 단지를 다시 돌아 보는데 덜커덩! 차의 하부가 긁히며 기울어

아이는 예쁜데 자꾸 눈물이 나요

집니다. 한동안 그 상태로 정지. 문을 열어 확인하자니 차 문이 긁힐 것 같아 두렵고, 흠집을 싫어하는 남편의 얼굴도 떠오릅니다. 마침 이웃이 지나가시기에 차창을 내려 여쭈니 이렇게 해서 내려가라는데 도저히 감이 잡히지 않습니다. 남편이 퇴근하려면 아무리 빨라도 두어 시간 남짓. 방금까지 운전을 가르쳐주고 가신 아빠밖에 생각나지 않습니다. "아빠, 지금 차가 어떻게 된 상태인지 알 수가 없어요" 아빠에게 전화를 거니 바로 다시 달려와 주십니다. 당신은 언제나 그러셨지요. 심지어 제가 찾지 않을 때도. 아기의 백일에도 유일하게 열 송이 장미로 저를 응원해 주신 당신이지요.

나는 그렇게라도 다시 아빠를 만나고 싶었던 걸까요? '아빠… 내가 과연 강해질 수 있을까요? 아빠 조금 더 있다가 가면 안 될까요?' 이렇게 다시 아빠를 부른 제가 어이없으면서도, 아빠가 없으면 안 된다고 생각하며 애써 괜찮은 척, 떨리는 목소리로 아빠를 보냅니다. 아빠, 아빠가 없으면 난 아무것도 못 할 거야. 아빠, 혼자 있기 싫어요…

매일 아침 남편을 보내고, 많은 저녁 부모님을 배웅하면서 조금씩 혼자서도 괜찮은 사람이 되어갔습니다. 나를 믿고 세상에 나온 아이를 위해. 배 속에 있을 때는 달콤한 말로 세상에 나오면 무엇이든 해주리라 약속했는데, 막상 그러지 못한 엄마가 미안해. 너를 사랑하지 않는 게 아니야. 너를 너무 사랑해. 조금만 기다려 줄래, 조금 더 강한 엄마가 될게.

마트만이 나를 반기고

마트는 클수록 좋았습니다. 오래오래 구경할 수 있고, 다른 누구도 아닌 가족의 먹거리를 살 수 있으니까요. 그 시절 참 돈을 많이도 썼습니다. 허기진 마음을 채우려고, 통제력을 느끼려고 그렇게 빵을 사고, 배달비를 아끼기 위해 매번 3만 원 넘게 장을 보았습니다. 막상 저를 위해 산 건 없었습니다. 아기용품을 주기적으로 교체하고, 단계를 올려주기에 바빴으니까요.

아기띠를 하고 장을 보며 잘 살아내고 있다고 생각하려 했지만, 이른 저녁에 남편과 장을 보러 온 다른 엄마들을 멍하니 바라보는 부러운 시선까지 숨길 수는 없었습니다. '이 시간에 같이 마트에 함께 왔다면 저녁 시간도 함께하겠구나. 나는 6시간을 외로워하는데, 저 사람은 1시간 정도만 기다리고 이후 저녁 시간을 남편과 함께 육아하겠구나' 배고픈 개가 침을 흘리듯 부러워하고 저를 초라하게 여겼습니다. 사랑받지 못하는 것 같다며 불행과 외로움, 서글픔을 느꼈습니다.

　　　　　　아이는 예쁜데 자꾸 눈물이 나요

마트 외에는 갈 곳이 별로 없었습니다. 사지도 않을 거면서 시끄럽게 구는 손님을 반길 곳은 없기에 하염없이 거리를 걷습니다. 가게 근처를 기웃거리며 '다음에는 여기에 와 봐야지' 해외 여행하는 기분으로 동네를 구경합니다. 낯선 시선으로, 한가하고 다정한 시선으로 들에 핀 꽃들, 동네의 강아지들을 바라봅니다.

그러나 유모차로 갈 수 있는 곳은 많지 않습니다. 입구에 계단이 있으면 유모차를 들어올리지 않고는 안전하게 들어갈 수가 없습니다. 또 길은 좁고 울퉁불퉁하며, 차도와 인접해 소음과 매연으로 가득한 곳도 많습니다. 유모차를 끌기도 어려운 도시를 보며 장애인들은 어떻게 생활하는 걸까 싶습니다. 휠체어도 유모차처럼 바퀴로 움직이는데 말입니다.《굴욕 없는 출산》에서 저자는 은희경의 소설《빛의 과거》에 나오는 다음과 같은 구절을 언급합니다. '약점이 있는 사람은 세상을 감지하는 더듬이 하나를 더 가진다. 약점은 연약한 부분이라 당연히 상처를 입기 쉽다. 상처받는 부위가 예민해지고 거기에서 방어를 위한 촉수가 뻗어 나오는 것이다. 그들에게는 자신의 약점이 어떻게 취급당하는가를 통해 세상을 읽는 영역이 있다. 약점이 세상을 정찰하기 위한 레이더가 되는 셈이다' 그리고 저자는 출산이 그것과 같은 레이더라고 하였습니다. 저에게는 독박육아가, 그리고 산후 우울증이 그 레이더가 되었습니다.

서거나 걷지 못하는 시기의 아기를 데리고 혼자서 외출했을 때 화장실에 가고 싶었던 적이 있나요? 그럴 땐 아기를 어떻게 하셨나요? 기는 아기를 화장실 바닥에 내려놓을 수도 없고, 아기띠를 하고 볼일을 보자니 옷매무새를 정리하기 어렵습니다. 한 번은 옷가게에서 옷을 입어 보려는데, 옷을 입어 보려면 아기띠를 빼야 한다는 걸 깨달았습니다. 다행히 친절한 점원은 많습니다. 여성들만의 공감일지도요. 그러나 친절한 점원에게 아이는 혼비백산하여 울고 있습니다. 옷을 제대로 입어 볼 수 있을 리가요.

옷이야 남편이 쉬는 날 아기를 맡기고 가면 된다고 칩시다. 어느 날엔 비뇨기과에 가야 했습니다. 조용한 대기실을 이리저리 돌아다니는 아이를 제지하는 일, 뭐든 만지려는 것을 막는 일, 칭얼거림에 조용히 응답하여 너무 큰 소리가 나는 것을 방지하는 일에 진이 빠지기 시작합니다. 그 정도야 익숙합니다. 누가 뭐라 하지 않는 것만으로 감사합니다. 그런데 소변을 받으려 잠깐 아이를 간호사 선생님께 맡긴 사이에, 아이는 울기 시작합니다. 아이의 울음소리를 들으며 서둘러 소변을 받습니다. 이런 사소한 불편함, 서러움이 살짝 섞인 불편함은 저에게 새로운 안경을 씌웁니다. 세상은 이런 불편함을 느끼는 사람들이 존재하는지도 모르는 것 같습니다. 아픈 사람은 모두 혼자 병원에 갈 수 있다고 믿는 것 같습니다. 누군가는 늘 어떤 존재와 함께여야 한다는 걸 모르는 것 같습니다. 아이 관련 교육 프로그램이지만 아이 동반은 안 된다는 안내문, 아기를 내려놓을 곳 없는 화장실. 당연하게 없는 것들 속에서, 당연하지 않게 있는 것들에 감사해집니다. 아기 안전 의자를 마련해 둔 식당이 반갑습니다. 교육 도중 돌봄 선생님께서 아기를 봐 준다는 프로그램이 은혜롭습니다(비록 너무 울어서 다시 불려갔지만).

아이는 예쁜데 자꾸 눈물이 나요

그러므로 '나 오늘 아기 데리고 마트 다녀왔어'라는 말 안에는 아기 띠를 한 채로 변기에 앉아야 했고, 아기를 안은 채 장바구니나 배달용 상자를 계산대에 들어 올리거나 내리지 못해 끙끙댔고, 아기가 마트에서 보채서 허둥지둥 다녀왔다는 말까지 포함되었다는 것을 알아주면 좋겠습니다. '나 오늘 아기 데리고 병원 다녀왔어'라는 말 안에는 편안하게 병원 진료를 볼 수 없었고, 잘못한 것도 없는데 눈치 봐야 하는 민망함과 아기를 달래느라 종종거린 진 빠짐, 그 속에서 혼자이고 싶지 않았던 서러움이 포함된 말이라는 걸 알아주면 좋겠습니다. "그래? 다음엔 꼭 나랑 같이 가자. 힘들었겠다" 이 한마디면 그 모든 것이 녹아 사라진다는 것도요. 퇴근 시간에 맞춰 저녁 식사가 차려져 있다는 것은 그렇게 고단하게 장을 봐 오고, 아이가 잘 노는지 다치지는 않는지 몇 번이고 뒤돌아보고, 아기의 칭얼거림에 몇 번이나 달래며 차려낸 음식이라는 것을 알아주면 좋겠습니다. 그걸 하지 못해도 당연하다는 걸요.

부부들이 아기를 재우고 할 말은 얼마나 많은가요? 간혹 남편은 퇴근 후 방에서 게임을 하고, 아내는 아기를 재운 뒤 혼자 핸드폰이나 TV를 보다가 각자 잠이 든다고 고민하는 사람들이 있습니다. 그러나 당신의 하루는 어땠는지, 고된 하루 끝 그것을 묻고, 들어주고, 토닥일 사람이 있다면 그 하루는 꽤 버틸 만한 것이 되지 않을까요? 집에서의 돌봄도, 일터에서의 노동도 서로 애썼다고 알아준다면 내일을 다시 새롭게 시작할 힘이 되지 않을까요? 그러기 위해서, 혼자서 편하고 자유롭게 살아가도 될 세상을 평생 함께하려고 결혼하지 않았던가요.

기록 한 장

　남편 말대로 둘째 땐 꼭 그가 육아 휴직을 받았으면 좋겠다. 나는 수요일이나 금요일만 일찍 퇴근할 수 있는 직장에 다니고 싶다. 평일 중 유일하게 같이 저녁을 먹을 수 있는 수요일과 금요일을 기다리며, 어느 수요일에는 남편이 들뜬 마음으로 아기띠를 하고 내가 좋아하는 것을 잔뜩 골라 장을 보고 오면 좋겠다. 기력을 보충할 수 있는 부추를 사서 비 오는 날 오징어랑 섞어 부추전을 하고, 좋아하는 매운 닭볶음탕이랑 얼큰한 감자양파찌개를 끓여서 곧 퇴근한다는 내 전화를 남편이 기다리면 좋겠다. 칭얼대는 아기를 달래가며 겨우, 그러나 설레고 기쁜 마음으로 요리하다가 내 전화를 받았으면 좋겠다. 통화가 되면 나는 친정에 볼일 있어 들러야 한다고 또는 갑자기 일이 생겨서 늦는다고 말해 보고 싶다. 너무 바빠서 전화를 못 했다는 내 말에 화도 못 내고 알았다고 힘없이 대답하지만, 너무너무 아쉽고 허무해했으면 좋겠다. 그래서 아기랑 둘이 <한 끼 줍쇼> 같은 프로그램을 보면서 그 집 식구들이랑 같이 밥 먹는 것 같은 기분이 뭔지 알면 좋겠다.

　　　　　　　　　　　　　아이는 예쁜데 자꾸 눈물이 나요

1. 남편과 또는 아내와 나누고 싶은 이야기들은 어떤 것들이 있나요?

2. 남편의 하루 또는 아내의 하루에 궁금한 것은 어떤 것들이 있나요?

3. 어떤 때에 배우자에게 사랑받는다고 느끼나요?

36개월 가정 보육도 실패,
시간제 보육도 실패

"공부하고 일할 땐~ 공부하면서 배운 것은~"이라고 말하지만, 그마저도 제대로 하지 않았나 봅니다. 해묵은 36개월 가정 보육 신화를 그대로 믿고 따르려 했습니다. 그러나 그것은 또 하나의 족쇄가 되었습니다. 모든 힘듦은 곧바로 '이렇게 언제까지 해야 하는 거야? 적어도 3년 동안은 이러는 거야?'라는 생각으로 이어져, 매일매일을 3년씩 살아가는 것처럼 느꼈습니다. 친정 아빠가 자주 하시는 말씀이 있습니다. "한라산에 오를 땐 정상까지 한 번에 간다고 생각하면 빨리 지쳐. 한 걸음한 걸음, 바로 앞의 한 걸음에만 집중해야 해". 언제면 푹 잘 수 있냐, 언제면 밖에 제대로 데리고 갈 수 있냐, 언제면 수유와 잠 패턴이 잡히냐 묻는 저에게 친정엄마도 말씀하셨습니다. "천천히 키우면 돼요. 아이를요. 뻥튀기처럼 그렇게 할 수 있는 게 아니에요, 천천히 키우면 돼요"

지금은 알 것 같은 말, 그러나 당시엔 앞으로 아이와 평생 함께할 인생을 구분하는 단위가 없어 그냥 '평생', 이렇게 큰 덩어리였던 모든 나

아이는 예쁜데 자꾸 눈물이 나요

날. 그리고 언젠가 어린이집에 보내면 되겠지만 그 이후에도 아이가 아플 때는 어떨지, 시간은 어떨지, 제대로 된 일자리를 찾지 못할 것 같은 생각에 마음이 무거웠습니다.

결국, 36개월간 내가 데리고 있는 건 무리라고 판단해 22개월에 아이를 어린이집에 보내기로 하고, 그전까지는 시간제 보육 제도를 이용해 하루 두세 시간씩이라도 내 시간을 갖기로 합니다. 그 시간에 책도 보고, 차도 마시고, 기회가 된다면 아르바이트도 해 볼 요량으로 신중하게 아이를 맡길 시간제 보육 어린이집을 골랐습니다. 혼자 있을 상상만으로도 숨통이 트이고 기대가 되었습니다.

그러나 시간제 보육 시스템이 자리 잡지 못했는지 충분한 안내와 절차를 경험하지는 못했습니다. 시간제 보육은 아이를 기관에 보내지 않는 엄마들이, 필요한 시간에 기관을 이용하도록 하는 제도입니다. 안정적으로 이용하려면 아이와 엄마가 기관에서 며칠 함께 시간을 보내며 적응 기간을 가져야 하지요. 그러나 저는 한 번 이용했다가 아파서 열흘간 보내지 못했고, 다시 이용하고자 예약했더니 '이렇게 띄엄띄엄 보내면 안 된다'라는 말을 들었습니다. 그러고는 다시 이용했을 때, 충분한 적응 기간을 거치지 않고 갑자기 아이를 떼놓아야 하는 경험을 하게 됩니다. 전날에라도 미리 얘기하셨다면 아기에게 언질이라도 했을 텐데, 나라도 담대하게 마음먹었을 텐데… 갑작스러운 상황에 저는 당황하여 "네?" 하고 물었고, 아이는 엄마의 당황하는 표정을 보며 떼어졌습니다. 그렇게 간식으로 싸간 바나나를 급하게 선생님 손에 쥐어

드린 뒤 아이의 울음소리를 뒤로하고 나와야 했습니다. 바깥까지 내내 울려 퍼지는 아이의 울음소리에 이러지도 저러지도 못하고 서 있습니다. 그러다가 얼마 후 선생님께 전화가 왔습니다. 아무래도 적응이 어렵겠으니 아이가 조금 더 크면 보내라고 하십니다. '이럴 거면 정규 어린이집을 보내지, 갑자기 엄마와 아이를 떼놓고는 아이 탓을 하다니? 얼마나 고민하고 실낱같은 희망으로 선택한 시간제 보육인데' 이렇게 끝나니 허무하기 그지없었습니다.

불만, 갈등, 고통은 선택지가 많다는 데에서 오는지도 모르겠습니다. 저는 가정 보육을 36개월로 마음먹었다가 24개월로 줄였습니다. 어린이집에 보내도 될 아이를 끼고 있는 게 헛수고나 유난처럼 여겨지기도 하고, 어린이집에 일찍 보낸 아이들이 잘 자라는 모습을 보며 흔들렸기 때문입니다. '꼭 내가 아니어도 되는 걸까? 가정 보육이 필수는 아닌 건가?'라는 의문이 고통과 무료함을 늘렸을 것입니다. 36이라는 숫자만 강하게 뇌리에 박혔지, 가정 보육의 목적과 효용을 모르는 상태였던 것입니다. 엄마와 분리되며 괴로워했던 아이의 울음소리가 맴돌며 조금이라도 더 아이의 곁에 있어 주어야겠다는 사명감이 생겼습니다. 그러자 단단하고 평온해졌습니다. 그리고 다음에 정규 어린이집에 보내게 되면 기관과 소통을 명확히 하고, 아이와 분리될 때도 당황하거나 걱정하는 모습을 보이지 말자고 다짐했습니다.

아이는 예쁜데 자꾸 눈물이 나요

아기인 사람과
아기가 아닌 사람

아이와 단둘이 덩그러니 남은 것 같은 적막. 세상은 나라는 사람이 존재한다는 걸 기억할까? 나만 빼고 다들 즐겁게 보내고 있을 것 같은 기분. 비가 오는 게 좋습니다. 모두가 저처럼 집에 있을 것만 같거든요. 날씨가 좋으면 모두가 햇볕을 쬐며 하하호호 거리를 걷고 있을 것 같습니다. 볕 좋은 날이면 아기띠를 하고 밖으로 나섭니다. 아기띠를 하고 수많은 날을 정처 없이 걸었습니다. 길을 걸으며 사람들을 찬찬히 바라보았습니다. 나는 완벽한 배경이 되어 세상을 구경합니다.

저마다 각자의 갈 곳으로 걸어갑니다. 다들 향하는 곳이 있고, 돌아갈 곳이 있습니다. 점심시간 식당의 활기찬 느낌, 삼삼오오 나서며 커피 한 잔씩을 들고 걷는 직장인들의 모습. '다들 아기가 있을까? 몇 살일까? 아이는 어디에 있을까? 누가 보고 있을까, 이미 다 커서 씩씩하게 제 갈 곳에 갔을까, 아니면 눈물로 떼어놓고 왔을까?'

아기를 낳고 저의 시선은 온통 아기인 사람과 아기가 아닌 사람, 아기를 키우는 사람과 아기를 키우지 않는 사람으로 양분되었습니다. '저 사람도 한때는 아기였겠구나. 어떤 돌봄으로 저렇게 컸을까? 저 사람을 키운 분은 어떤 시절을 거치며 아기를 키웠을까?' 어린아이들이 누군가의 손을 잡고 걷는 모습을 보면 생각합니다. '저 나이쯤 되면 저렇게 손을 잡고 걸어 다닐 수 있구나' 어린아이가 혼자 지나가는 걸 보면 생각합니다. '저 나이쯤 되면 혼자서도 다닐 수 있구나. 7~8년 정도는 더 있어야겠구나. 그때까지 난 아무것도 못 하는 걸까? 몇 년 정도 있어야 나는 혼자 평온히 일을 보러 다닐 수 있을까?'

아득함 속에서도 한 사람 한 사람이 참 소중해 보입니다. '모두 그 보드랍고 여린 아기부터 시작했구나. 환영받으며 세상에 나와 정성 속에서 자랐구나. 이제는 누군가를 돌보는 역할로 자란 성인도 그저 약하고 돌봄과 사랑만 받아야 했을 때도 있었구나.'

엄마의 얼굴에도, 아빠의 얼굴에도 갓난아기의 맑은 얼굴이 겹치며 그 아득한 시절이 저 멀리 흘러갔음을 슬퍼하고, 저처럼 어른이 되는 동안 무수히 겪었을 아픔을 미처 알지도 보듬지도 못했음을 아파합니다. 모든 사람이 아기였으나 이제는 세상의 풍파와 싸워야 함을 위로합니다.

아이는 예쁜데 자꾸 눈물이 나요

여보, 이번 주말엔
벚꽃을 보러 가요

창밖에는 벚꽃이 흐드러지게 피었습니다. 촉촉한 봄의 향기가 창문 사이로 들어옵니다. 주말에는 벚꽃 구경을 할 수 있을까요? 저 벚꽃이 지기 전에. 그래서 어머니들이 꽃을 좋아하나 봅니다. 꽃이 핀다고 핀 꽃을 즐기는 게 당연히 주어지는 일이 아님을 알기에 그런 거겠죠. 누군가를 위한 일만 하다가 어느 날 문득 고개를 돌렸을 때, 그곳에 아름다움을 느끼게 한 무언가가, 그래서 숨 한 번 깊이 들이마시게 해 준 무언가가 꽃이었을지 모릅니다. 그 찰나에 잠시 자기 자신으로 존재했는지도 모릅니다. 그리고 그 찰나가 가듯이 꽃도 금방 진다는 걸 알기에 그 꽃은 바로 지금 누려야 할 아름다움, 슬픈 환희가 됩니다. 영원한 줄 알았으나 누군가를 돌보는 새에 덧없이 가 버린 당신의 고왔을 때 모습을 떠올리고 있는지도.

눈부시고 깜박이는 네온사인, 저 멀리 물 건너 날았던 비행기, 화려

하고 광활하게 즐기던 젊음을 뒤로 하고 이제는 창밖의 꽃이 지기 전,
단 하루 나들이할 수 있다면 그것으로 족합니다.

　여보, 이번 주말엔 꼭 아기랑 셋이서 벚꽃을 보러 가요.

아이는 예쁜데 자꾸 눈물이 나요

엄조현상

"집에서 힘드나 밖에서 힘드나 그럴 바엔 나가자! 나가서 맛있는 것도 먹고 바람도 쐬고, 우리도 좀 기분 내자!" 남편의 제안에 아이와 함께 주말마다 한 나들이는 일주일을 버티게 하는 힘이었습니다. 아기 데리고 갈 만한 곳을 검색해 리스트를 짜기도 했습니다. 콧바람을 쐬고, 외식하고, 좋아하는 커피와 디저트를 먹고 나면 '그래, 내가 이걸 좋아했었지! 삶이 별거겠어? 이런 게 행복이지' 하는 생각이 커졌습니다. 무엇이 필요한지도 모르고 지내다가 이렇게 나가 보면 '이런 게 필요했구나' 깨닫게 되었습니다.

요즘 유행하는 MBTI를 해 보면 저는 ENFP 형입니다. '언제나' 새로운 자극이 필요합니다. 한 번 간 곳이 좋으면 "여기 또 오자!" 해놓고는 늘 새로운 곳을 찾아다닙니다. 단골 식당도 없습니다. TCI 기질 검사에서는 기질을 네 가지 차원으로 봅니다. '자극추구, 위험회피, 사회적 민감성, 인내력'이 그것입니다. 저는 자극추구가 매우 높고 위험회피가 낮은 기질입니다. 새로운 것들에 도전하고 계속해서 새롭고 신기한 즐거움을 찾고 싶어 하며, 새로움에 불안이나 거부감을 느끼지 않습니다. 이런 저의 기질에 매일 같은 공간에서 반복되는 일을 해야 하는 것은 매우 상반됩니다. 그래서 본능적으로 친구를 만들고, 문화센터에 다니고, 나가서 걸었지만, 여전히 부족했고 무엇보다 그 과정이 아이를 달래느라 진이 빠지고 그 안에서 소외감을 느끼는 등의 부작용이 따랐습니다.

그러나 남편과의 외출은 달랐습니다. 남편이 아기띠를 하니 어깨가 가벼웠고, 남편과 함께라 즐거웠습니다. 매주 주말 외출을 기대하는 낙으로 하루하루를 버티고 우울감이 커지는 날이면 외출해서 찍은 사진을 보며 위안을 얻었습니다. 주말이 되면 나가기 위해 아기의 낮잠 시간과 컨디션을 조절하고 매우 조바심을 내며 남편을 재촉했는데, 남편은 이를 엄마의 조바심 현상이라고 하며 '엄조현상'이라고 놀렸습니다. 외출을 준비하며 남편이 여유 있게 머리를 만지고 옷을 고르며 거울 앞에서 서성이는 동안 저는 도망 다니는 아이를 이리 당겨오고 저리 당겨와 옷을 입히려 애썼습니다. 기저귀와 물티슈는 챙겼는지 준비에 혼을 쏙 뺍니다. 또 나만 외출 준비에 힘든 것 같습니다. 그러나 남편은 운전하고, 아기 의자를 챙기는 등 자신의 역할을 해내고 있기에, 내가 도와달라고 하면 기꺼이 돕는다는 걸 알기에, 무엇보다 우리가 즐기려고 하는 일에서 비난할 거리를 찾으면 주말을 허무하게 보낼 수 있다는 걸 알기에, 각자 그렇게 외출 준비를 마칩니다.

아이는 예쁜데 자꾸 눈물이 나요

모래놀이 상담

주말에 한두 시간 외출할 수 있게 되었을 때, 모래놀이 상담을 받기로 합니다. 상담 분야는 쌓아야 할 자격, 들어야 할 교육이 매우 많은데 상담을 받는 것도 그 시간에 포함됩니다. 저의 마음을 이해하고 혹시 나중에 모래놀이 상담사 자격증을 취득하게 되면 교육 이수를 위한 시간에 포함될 수 있으니 일석이조라고 생각했습니다. 마침 주말에도 가능하다고 하여 그렇게 산후 우울 기간에 네 번째 상담을 받기로 합니다.

모래놀이 상담은 네모난 모래 상자 안에 수북이 담긴 모래를 만지기도 하고, 그곳에 놓인 모형들을 움직이기도 하며 진행됩니다. 딱히 관심 가는 모형이나 떠오르는 이미지가 없으면 모래를 휘저으며 이야기하기도 합니다. 모래 상자의 한쪽에는 유모차와 아기 의자, 여러 식기구가 있는 현실을 반영하고 다른 한쪽에는 선베드와 책과 음료수가 있는 이상을 반영하며 이야기한 적도 있습니다. 어떤 날은 현실을 반영한 면을 다 모래에 묻어 버리고는 시원해하고, 또 어떤 날은 창살이 있는 감옥의 문 같은 모형을 세우고는 그 안에 저를 앉히기도 했습니다.

　이런 내가 이기적이고, 참 별로인 엄마고, 상담실에 와 매일 육아에 관한 불평만 하는 것 같아 어떻게 보일까 싶기도 했습니다. 그나마 좋은 점으로는 그래도 사이가 괜찮은 부부인 거? 그 정도를 찾아 이야기할 수 있었습니다. 상담 선생님은 그게 제일 좋은 거라고 하셨습니다. '그런 건가 보다' 또 믿어보며 눈물을 털고 나와 일주일을 버팁니다.

아이는 예쁜데 자꾸 눈물이 나요

1. 리추얼을 만들어 볼까요? 힘든 고비를 넘길 때마다 혹은 정해진 시간을 보낼 때마다 내가 나에게 주는 선물 같은 의식을 만들어 볼까요? 나의 하루를, 일주일을, 한 달을 응원하며 작은 행복을 찾아가세요. 남편분들도 마찬가지입니다. 현금으로 월급을 받던 때와 달리 이제는 한 달 일한 고생의 대가가 영 드러나지 않죠. 월급날을 함께 기념하고 응원하며 휴식할 수 있는 시간으로 만들어 보세요.

   예) 아이 낮잠 시간에 달콤한 커피 마시기, 월화 드라마 챙겨 보기, 주 1회 심리 상담받기, 주 2회 산책하기, 매월 마지막 주에 자유 시간 주고받기, 월급날 치킨 파티하기 등

   _____

   _____

   _____

   _____

2. 나의 성향과 기질에 필요한 자극과 휴식을 찾아봅니다.

   예) 새로운 자극이 필요한지, 사람들과의 소통이 필요한지, 익숙한 장소에서 혼자 있는 시간이 필요한지 등

   _____

   _____

   _____

   _____

아가가 이렇게 예쁜데
왜 우냐고 물으신다면

아기가 이렇게 예쁜데 왜 우냐고 물으신다면, 아기가 너무 예뻐서 눈물이 난다고 말하고 싶습니다. 잠든 얼굴의 가지런한 속눈썹, 작은 발가락과 오동통한 발바닥, 아기의 입에 코를 대고 맡아 보면 느껴지는 숨 냄새, 방금 축축하게 젖었던 엉덩이까지도, 예뻐서 눈물이 납니다.

이렇게 예쁜 거구나, 아가라는 건. 그러니까, 나도 이랬겠구나. 우리 엄마도 나 같았겠구나. 온종일 바라보고, 당신은 잠도 제대로 자지 못한 채로 자는 얼굴도 또 보고. 먹일 것을 만들고. 당신은 제대로 드시지도 못한 채로. 엄마는 말합니다. "세상 좋아졌네, 그때그때 다 찍어놓을 수 있어서~ 우리 때는…" 엄마는 무슨 말을 생략하셨을까? 엄마는 찍어놓지 못한 것을 아쉬워하고 있구나. 어릴 적의 내 모습이 그리운가 보구나. 내가 지금 이 아이를 사랑하듯이, 엄마도 나를 사랑했다고? 내가 우리 아이를 바라보듯이, 엄마도 나를 바라봤다고…? 그 사랑을 듬뿍 받고, 차가운 표정, 쌀쌀한 말씨, 피곤한 등 뒤를 보이고 혼자 잘난 체했

아이는 예쁜데 자꾸 눈물이 나요

다고? 믿을 수가 없습니다. 믿을 수 없이 고맙고, 믿을 수 없이 미안하고, 믿을 수 없이 후회되고… 세월이란 그렇게 무심하게 흐르는가 봅니다. 이제야 깨달은 것을 미처 다 표현할 새도 없이, 또다시 가 버릴까 두렵습니다. 그렇다면 이 아이도 늙겠구나. 이 여린 볼살에 주름이 생기겠구나. 입술은 어떻게 변할까? 이 맑은 눈엔 어떤 것들이 담겨, 무엇을 느끼고, 어떤 생각을 하며 살게 될까? 해내야 할 것들을 해내며, 기뻐하기도 하고 무거워하기도, 지금의 나처럼 울기도 하겠지.

아가야… 부디 너는 하고픈 것을 다 하고 살렴. 가 보고픈 곳은, 다 가보고 살렴. 자유롭게 살렴.

그러니 아기가 예쁘다는 것은 울지 않을 이유가 못 됩니다.

모든 것은, 눈물의 이유가 됩니다.

PART 4

막이 내린 후

몸과 마음과 사회의 총체적 현상,
산후 우울증

아이를 어린이집에 보내면 눈물이 줄어들 줄 알았더니, 엄마와 떨어져 서럽게 울던 아이의 모습이 생각나 울고, 멀리서 선생님의 손을 잡고 산책하며 적응하는 모습을 보며 울었습니다. 그러다가 몇 달 만에 머리도 다듬고, 아이의 간식도 만들고, 이런저런 강좌를 찾아 듣고, 몸을 움직이는 전통 놀이에 참여해 누구보다 신나게 웃습니다. 하나둘씩 들어오는 파트타임 일을 시작하자 '다시 이렇게 살아가는 거구나' 싶어지며 점점 우울감이 줄어듭니다. 단지 시간의 문제라고 보기에는 많은 산모가 출산 직후 1년 동안의 우울감 외에 시간이 흐르며 알아차리거나 더 커진 우울감을 보고하기도 합니다.

산후 우울증이 완전히 나았다는 것은 둘째 아이를 낳고 나서 깨달았습니다. 산후 우울감이 전혀 없었거든요. 매우 비관적으로 생각하며 가라앉고, 수시로 눈물이 흐르고, 육아가 부담스럽기만 하던 산후 우울감. 그러나 둘째를 낳을 때는 많은 것이 달라져 있었습니다. 첫째를 키운 경험으로 육아에 대한 마음의 준비가 되어 있었고, 실컷 울며 여러 감정을 다루어 왔고, 첫째가 어린이집에 적응하였기에 그간 가보고 싶던 식당과 카페를 부지런히 다닌 터였습니다. 혼밥의 여유도 즐겼습니다. 또 하나 가장 달라진 것. 둘째를 낳으면 남편이 육아 휴직하기로 한 것입니다. 언제 육아 휴직할지는 구체적으로 정하지는 않았지만, 약속되어 있고 절대 혼자 육아를 할 것이 아니고, 남편이 오롯이 육아를 경험할 기회가 있다는 사실에 설레기까지 했습니다. 남편 역시 그간 저와의 갈등 속에서 변화해, "아이들이 어린이집에 간 사이에 집안일하면서 시간 다 보내지 말라더라. 자신만을 위한 시간을 보내래."라고 말할 정도로 변해 있었습니다. 여전히 남편의 퇴근 시간이 늦어 두 아이를 혼자 재우는 게 조금 힘들었던 것을 제외하고는 신기하게도 힘들지가 않아, 남편이 육아 휴직을 조금 미뤄도 괜찮겠다 싶을 정도였습니다. 마음의 여유는 그렇게 스트레스를 줄여 주었습니다. 모두가 육아 휴직을 할 수 없다는 걸 압니다. 다만, 아이를 키우는 주 양육자를 이해하는 것만으로도 스트레스를 줄여 줄 수 있다는 것을 알아주면 좋겠습니다.

무엇보다 산후 우울증이 다시 오지 않았던 가장 큰 이유는 프롤로그에서 잠깐 언급했듯이, 애도의 과정이 있었기 때문입니다. 그리워하며 눈물 속에 보냈던 것은 저의 지난날들, 그리고 당시의 매일매일이었습니다. 이에 대해 뒷부분에서 더 자세히 이야기하겠습니다.

호르몬이라는 생리적 원인 외에도, 심리적 원인과 사회 환경적 원

아이는 예쁜데 자꾸 눈물이 나요

인까지, 그 어느 하나만의 문제가 아닌 산후 우울증. 호르몬으로 시작했다 하더라도 고립과 편견, 몰이해 속에서 2차 상처를 받거나 상처가 덧나 만성적으로 될 수 있는 현상. 아이들을 키우는데 엄마가 그렇게 중요하다면 우리는 엄마들의 몸과 마음, 그를 둘러싼 사회적 구조, 이 모든 것에 신경을 쓰지 않을 수 없습니다.

산후 우울증이란

진단명을 내릴 때는 보통 미국정신의학회에서 발간한 《정신질환의 진단 및 통계 편람》이라는 두꺼운 책의 기준에 따릅니다. 여기에 전문의의 면담이 추가 되며, 생리적 특징과 함께 필요하다면 각종 심리검사를 진행해 참고할 수 있습니다. 이를 기준으로 '우울증'에 대해 알아보겠습니다.

김한준·오진승·이병재의 저서 《오늘도 우울증을 검색한 나에게》에 따르면, 우울증은 '우울한 기분이나 흥미의 저하로 인해 일상이나 사회생활, 직업적 기능의 저하가 생기는 질환'들을 통칭합니다. 우울 장애가 대표적 증상으로 우울한 기분, 흥미나 즐거움의 상실, 식욕이나 체중의 변화, 불면이나 과다 수면, 정신 운동의 저하나 초조감, 피로나 활력의 상실, 무가치감 또는 죄책감, 사고력, 집중력의 저하, 자살 생각이나 계획과 시도 등의 증상이 나타나는 정도와 빈도, 기간 등을

아이는 예쁜데 자꾸 눈물이 나요

고려하여 진단합니다. 이 책에는 산후 우울증도 주요 우울 장애에서 동반되는 증상 중 하나로 소개되어 있습니다. 과거 산후 우울증으로 불렸던 우울증이 주산기(周産期, 출산 전후 기간) 우울증으로 확장되어, 기존에는 출산 직후 4주 이내에 발생하는 우울증으로 정의했다면, 현재는 임신의 모든 기간에서 출산 후 4주 이내에 발생한 우울증으로 정의합니다. 또한, 주산기 우울증의 원인으로는 임신과 출산 과정으로 인한 급격한 호르몬 변화, 엄마가 된다는 것에 대한 중압감과 경력 단절에 대한 걱정, 남편 또는 다른 가족 구성원과의 긴장이나 갈등 등을 언급하고 있습니다. 불안감과 죄책감이 있을 수 있으나 보통은 그 정도가 심하지 않거나 장기간 지속하지 않고 사라지지만, 이러한 감정의 강도가 세고 지속되며 이로 인해 우울감과 과민함, 불면 등이 관찰되면 적극적인 치료 받기를 권하고 있습니다.

아이를 살해하라고 명령하는 환청, 영아가 악마에 씌었다는 망상 등 정신병적 양상이 동반될 수 있어 이 경우에는 입원치료 등 반드시 적극적인 치료를 받아야 합니다.

_김한준·오진승·이병재, 《오늘도 우울증을 검색한 나에게》

우리나라에서 2008년에 출산한 1,323명의 어머니를 5년 동안 추적 관찰한 연구에 따르면, 매년 연구 대상 산모의 21~23%가량이 경도 및 중증도의 우울을 겪고 있으며, 6~7%는 심각한 중도 이상의 우울을 경험하는 것으로 나타났습니다. 또한, 중앙대학교 병원에서 실시한 연구에 따르면 출산 후 우울 증상을 보이는 산모가 출산 2주 후에는 40%, 출산 6주 후에는 32.4%에 이릅니다.

그러나 산후 우울증에 대한 전문적 도움이 필요하다는 인식은 별로 형성되어 있지 않고, 우리나라 산모들의 상당수가 산후 우울증으로 어려움을 경험하면서도 이와 관련하여 적절한 조치를 받지 못하고 있는 것으로 유추되고 있습니다.

아이는 예쁜데 자꾸 눈물이 나요

산후 우울증을
심리적으로 이해하기

앞의 '함께해봐요'는 제 전공 지식을 통해 나름대로 산후 우울을 이해하고, 우울감을 조절할 수 있으리라 예상되는 내용을 제안한 것입니다. 이 외에 많은 심리학적 이론을 통해 산후 우울증을 이해할 수 있는데 그중 실제로 와닿았던 몇 가지 개념을 연결 지어 더 살펴보고자 합니다.

■ 역기능적 신념과 산후 우울

벡(Beck)의 '인지 이론'은 우울증을 설명하는 가장 대표적인 이론입니다. 그에 따르면 우울한 사람들은 '자기, 미래, 세상'의 세 가지 주제에 대해 부정적인 생각을 지닙니다. 첫째, 자기에 대해서 결점이 많고 부적설하며, 무가치하고 사랑받지 못할 존재라고 생각합니다. 둘째,

미래에 대해서는 비관적이고 현재의 어려움이 지속될 것으로 여깁니다. 셋째, 세상에 대해서는 세상과 타인이 자신에게 적대적이라고 생각합니다. 산후 우울증에서는 '나는 모성애가 부족하고 엄마의 역할을 해내지 못하는 게으른 엄마, 자유가 제한적인 나날이 영원히 계속될 것 같은 생각, 다른 사람은 다 잘하는데 나는 어딘가 부족하다고 평가받을 것 같은 두려움'이 벡의 우울에 관한 설명에 부합하는 것 같습니다. 또한, 그는 우울한 사람들이 부정적인 사고를 하는 바탕에는 '역기능적 신념과 인지도식'이 존재한다고 보았습니다.

역기능적 신념이란, 적응적이기보다 비효율적이고 왜곡된 관념이나 생각을 의미하며, 주로 '~해야 한다' 또는 '~해서는 안 된다'라는 당위적 명제의 형태를 지닙니다. 벡과 함께 역기능적이고 비합리적인 신념에 관해 이야기한 학자로는 엘리스(Ellis)가 있습니다. 그는 합리적 사고와 비합리적 사고의 차이를 아래와 같이 구분하고 있습니다. 아래의 구분과 설명의 큰 틀은 박경애의 《인지·정서·행동치료》를 참고하여 작성했습니다.

(1) 논리적 일치성

합리적 신념은 다음과 같은 예시처럼 논리적으로 일치합니다.

예) 대부분의 엄마는 아이에게 사랑하는 마음을 표현한다.

　그러므로 나 또한 아이를 다정하게 대하고 싶다.

아이는 예쁜데 자꾸 눈물이 나요

두 번째 문장이 첫 번째 문장에 붙는 것이 그리 부자연스럽지 않습니다. 그러나 "대부분의 엄마는 아이에게 사랑하는 마음을 표현한다. 그러므로 어제 아이에게 짜증을 낸 나는 형편없는 엄마다"라고 한다면 문장 사이에 많은 논리적 생략과 왜곡이 발생합니다. 아이에게 사랑하는 마음을 표현하는 것이 바람직하지만 어쩌다가 짜증을 냈다고 자신을 형편없는 엄마로 단정하고 있기 때문입니다. "대부분의 엄마는 아이를 낳고서는 행복해한다. 그러나 나는 아이를 낳고서 산후 우울에 빠졌으므로 아이를 사랑하지 않는 엄마다"라는 문장은 어떠신가요? 아이를 낳고서 행복해하는 게 바람직할지 모르겠지만 반드시 그래야 하는 건 아닙니다. 감정은 그냥 생겨나는 것이지, 생기는 것 자체를 예방하고 통제할 수 없기 때문입니다. 논리적으로도 맞지 않습니다. 한순간에 한 가지 감정만 일어나는 게 아니라 슬픔, 불안, 죄책감과 함께 행복, 감동, 사랑이 함께 일어나기도 하기 때문입니다.

(2) 검증가능성

비합리적 신념은 거의 경험적 현실과 일치하지 않습니다. 즉, 이 항목은 '현실과의 일치성'이라고도 부를 수 있겠습니다. '형편없는 엄마'라는 것을 어떻게 검증할 수 있을까요? 아이는 오히려 여전히 나를 보고 웃고 있을지도 모릅니다. 그러므로 아이에게 사랑을 주고 있고, 줄 수 있는 엄마가 오히려 현실적입니다. 저는 매일 같이 '그래, 나는 산후 우울증이야. 하지만 도망치지 않았어. 내 의지와 상관없이 매일같이 흐르는 눈물을 부여잡고 나는 아이를 돌보고 있어. 그것이 바로 아이를 사랑하는 엄마야'라고 되뇌었습니다. 그것이 현실이었고, 그것만이 검증 가능한 것이었습니다.

(3) 실용성

합리적 신념은 이루고자 하는 목적을 성취하도록 돕고 생산적으로 이끕니다. 반면, 비합리적 신념은 삶을 파괴로 이끌거나, 지향하고자 하는 목적에 방해가 됩니다. 이 글을 쓰는 순간에도 이따금 '우울한 이야기는 아무도 알고 싶어 하지 않을 거야'라는 생각이 들기도 합니다. 그러나 '내가 찾고 싶고, 읽고 싶었던 이야기인 만큼 누군가는 이런 이야기를 필요로 할 거야'라는 신념으로 작업합니다. 내가 하는 일이 도움이 될 거라는 신념으로 생산적인 일을 하는 것입니다.

(4) 경직성/요구성

'비합리적 신념은 절대적이고 경직된 요구성을 포함합니다' 벡이 당위적 명제의 형태를 지닌다고 말한 것과 일치하는 부분입니다. 이러한 신념은 '반드시 ~해야 한다, 반드시 ~해서는 안 된다'라는 언어적 형태 속에서 드러납니다. "잘 해내야 해. 약한 모습을 보여선 안 돼. 반드시 혼자 이겨내야 해. 누군가에게 도움을 청하거나 의지하면 안 돼. 짐이 되면 안 돼" 등과 같은 말이 해당합니다. 이 문장 앞에 우리 사회가 요구하는 '~라면'이라는 명제가 깔리면 그 당위적 신념은 더욱 강

아이는 예쁜데 자꾸 눈물이 나요

해지고 역기능적이 될 것입니다.

"엄마라면 다 잘 해내야 해, 엄마라면 참아야 해, 여자라면 당연히 집에서 아이를 봐야 해"와 같은 말은 우리가 영어 시간에 배웠던 must와 should가 들어간 문장입니다. 이러한 확고한 신념은 소리 없이 영혼을 짓누르는 무거운 짐이 됩니다. 위의 문장을 읽고 어떤 점이 역기능적인지 찾기 어렵다면, want를 떠올려 보세요. '~하고 싶다'로 해석하는 것입니다. "나는 잘 해내고 싶다"라면 지극히 당연하고 자연스러운, 솔직한 욕구입니다. 그러나 "잘 해내야 한다"가 되면 아주 무거운 말이 됩니다. 잘 해내야 하는데 잘 해내지 못하면 끔찍하지요. 그러나 "잘하고 싶어"로 바꾸어 말하면, 잘하지 못해도 "아쉽지만, 다음에 또 기회가 있어" 정도로 맺을 수 있지 않을까요? 이처럼 합리적 사고는 개인의 선호, 바람, 소망, 희망 등을 반영합니다. 그러나 당위적 사고는 반대로 사회의 강요와 내가 자라면서 필요하다고 여겼던 것 등이 섞인 익명의 잔재일 뿐입니다.

⑸ 정서적/행동적 결과로 드러나는 파급 효과

엘리스에 따르면, 비합리적 신념은 원하지 않는 정서적, 행동적 결과에 대해서 사람들을 더욱 상처받기 쉽게 만든다고 합니다. 그래서 "나는 반드시 언제나 다정하고 행복한 엄마여야 해"라고 생각하는 사람은 목표가 성취되지 않았을 때 바람직하지 않은 정서적 결과인 우울증을 경험하고 부정적인 자기 평가에 몰두하며 사회적인 철회도 경험할 수 있습니다. 사실 이러한 당위적 신념은 우리 사고 전반에 퍼져 있습니다. "남편은 내가 경험하는 모든 걸 이해하고 책임져야 해. 내 아이는 바르게 키워야만 해. 내 결혼생활이 순탄하려면 내가 통제해야 해"와 같이 생각하는 것입니다.

어떤 일을 옳고 바람직하다고 믿는 방향으로 추진하고 바꿔나감에 있어서 이러한 강한 신념은 힘이 될지 모릅니다. 그러나 당위성, 경직성, 요구성은 타인을 대할 때 위압감이나 은근한 압박을 느끼게 하고, 그것이 충족되지 않을 때 스스로 분노와 좌절감을 느낄 수 있으며 이러한 감정과 관계에서의 삐걱거림은 내가 원하는 것을 가져다주기 어렵습니다.

■ 우울 증상의 발달과 유지에 영향을 미치는 인지적 요인

이번에는 벡이 이야기한 우울 증상의 발달과 유지에 영향을 미치는 여러 유형의 인지적 요인을 살펴보겠습니다.

(1) 자동적 사고

벡은 우울증을 유발하는 중요한 요인을 '다양한 생활 사건에 의해 거의 자동으로 촉발되는 부정적 생각과 심상'이라고 보았습니다. 그리고 심사숙고해서 내린 결정과 합리적으로 판단한 결과가 아닌, 아주 빠르게 떠오르는 부정적 사고를 '자동적 사고'라고 합니다. 자동적 사고

아이는 예쁜데 자꾸 눈물이 나요

는 매우 빠르게 일어나기 때문에 개인이 명료하게 인식할 수 없으며 그 결과로 뒤따르는 우울감만을 인식합니다. 또한, 벡은 '사람들이 부정적 인지의 큰 흐름 속에 휩쓸려 객관성을 포기하고 더 이상 생각해볼 겨를도 없이 타당하다고 믿을 때 치료에 위험이 나타난다'라고 이야기하기도 했습니다. 그리고 엘리스는 이 자동적 사고 개념을 아래의 ABC 모델로 설명하였습니다.

선행 사건(A) → 생각과 신념(B) → 결과(C)

같은 사건(A)이라도 생각과 신념(B)이 어떤지에 따라 결과(C)가 달라질 수 있는 것입니다. 예를 들어보겠습니다.

과정 ❶

사건(A)	아기가 운다	
생각과 신념(B)	나는 모든 것을 통제해야 한다. 아기가 운다는 건 내가 통제하지 못하고 있다는 뜻이다.	아기는 원래 울음으로 의사를 표현한다.
결과(C)	조급함, 불안감, 긴박감, 빠르게 달려서 울음을 그치게 하려는 반응	궁금함, 보살피려는 마음, 차분하게 반응

과정 ❷

사건(A)	아기가 잘 먹지 않는다	
생각과 신념(B)	아기가 잘 안 먹는 건 엄마의 책임이다.	아기는 때에 따라 잘 먹기도 하고 안 먹기도 한다. 엄마가 모든 것을 통제할 수 없다.
결과(C)	좌절감, 불안감, 지책과 지기비난	아쉬움, 아기의 상태 인정

이렇게 같은 사건인데도 생각과 신념에 따라 결과가 달라집니다. 그리고 때로는 결과(C)가 새로운 사건(A)으로 작용하기도 합니다. 예를 들어, 불안감과 부적절함에 대한 사건(A)에 대해 '엄마는 아이와 있을 때 불안감을 느껴서는 안 되고, 엄마는 모든 것을 잘해야 해'라는 생각과 신념(B)을 갖고, 또다시 좌절감과 부적절감, 분노, 수치심 등의 감정을 경험(C)하는 것입니다.

이 자동적 사고는 앞서 이야기한 '역기능적 신념'이 많이 반영된 것으로 보입니다. 그리고 자동적 사고와 역기능적 신념을 깨닫는 것도, 이를 합리적이고 효율적인 생각과 신념으로 바꾸는 것도 쉽지 않습니다. 실제로 인지치료 기반 상담에서는 타당하다고 믿었던 것에 의문을 제기하고, 근거를 들게 하는 등의 논박 과정을 통해 신념을 바꾸는 과정을 진행합니다.

혼자 요리조리 뜯어보고 뒤집어보아 합리적인 대안을 찾았다고 해도 이미 고착한 습관이 있기에 무수히 반복해 자신에게 말해 주어야 합니다. 철석같이 믿고 있던 어떤 것이 정답이 아닐 수 있다는 걸 안다면 조금은 숨통이 트일지 모르겠습니다.

아이는 예쁜데 자꾸 눈물이 나요

1. 내가 힘들어한 사건에서 자동적 사고를 찾아보세요.

사건(A)		
생각과 신념(B)		
결과(C)		

2. 위의 ABC에서 B를 인지하고, 유연하고 합리적 사고로 바꿔보세요.

사건(A)		
생각과 신념(B)		
결과(C)		

그렇다면 이러한 'must, should'는 어디에서 왔을까요? 아마 사회라는 외부에서 왔을 것입니다. 환경에 적응하기 위해, 타인의 기대에 부응하기 위해 외부에서 제시되는 조건을 우리 안에 그대로 가져온 명령일 것입니다. 어떤 말을 듣고 자랐는지 생각해봅시다. '시간을 아껴써야 해. 감정은 숨겨야 해. 침착하고 씩씩해야 해'와 같은 이야기를 듣고 자랐다면, 시간을 허투루 썼을 때나 내 감정이 너무 드러났을 때 혹은 너무 흥분하고 들떴을 때 죄책감이 들 것입니다. 모두 자연스러운 감정에 관한 인식과 행동을 방해하는 말입니다. 게다가 우리 사회는 모성에 관해 더 무겁고 큰 당위를 지웁니다. 그것에 관해서는 뒤에 이야기하겠습니다.

아이는 예쁜데 자꾸 눈물이 나요

1. 어렸을 때 어떤 말을 듣고 자랐나요?

_____

_____

2. 위의 말을 논박해 보세요.

_____

_____

3. 여러분의 말투 속에서 'must, should'를 찾아보세요. '~해야 한다, 반드시 ~해야 해'라고 생각하거나 말한 것을 떠올려보세요.

_____

_____

4. 3의 말을 'want'로 바꾸어 보세요. '~해야 한다'를 '나는 ~를 원한다, ~하고 싶다, ~를 좋아한다'로 바꾸는 것입니다.

_____

_____

예)

must, should	want
아기는 반드시 누워서 자야 해.	아기가 누워서 잤으면 좋겠어. 그러나 아기니까 그러지 못할 수 있어.
나는 반드시 9시에 육퇴해야 해.	나는 빨리 육퇴하는 것을 좋아해. 그러나 이뤄지지 않기도 하지.
나는 엄마로서 가족의 인정을 받아야 해.	인정받고 싶어. 그러나 그것이 꼭 필요하지는 않아.
나는 감정을 드러내서는 안 돼.	감정을 조절하고 싶어.

⑵ 인지적 오류

벡이 말하는 자동적 사고는 현실을 부정적인 방향으로 과장하거나 왜곡한 것입니다. 그리고 부정적 사고로 인해, 누군가의 칭찬이나 위로에 "누구나 그렇게 할 수 있어!"라며 긍정성을 제외하는 경향을 '인지적 오류'라고 합니다. 인지적 오류는 심리적 문제를 가중하거나 영향을 미칩니다. 그렇다면 인지적 오류에는 어떤 것들이 있을까요?

① **흑백논리**: 이분법적으로 생각하는 것입니다. 자신의 행동을 성공과 실패로 평가하고, 타인의 반응을 칭찬 혹은 비난으로 해석합니다. 그 중간의 회색지대를 생각하지 못합니다.

② **과잉 일반화**: 특수한 경험을 통해 일반적인 결론을 내리는 오류를 말합니다. 특수한 경험에서 얻는 결론을 일반적 상황에 적용하여 몇 번 한 일에 대해 '항상 그래'라고 말하는 경우입니다.

③ **정신적 여과/선택적 추상화**: 특정한 사건과 관련된 일부의 정보만 선택적으로 받아들여 그것이 마치 전체를 의미하는 것으로 해석하는 오류입니다. 여러 사람과 말할 때 내 말에 관심을 기울이지 않은 몇몇 사람에게만 주의를 기울여 '내 말은 무시당했어'라고 생각하는 경우입니다.

④ **잘못된 이름 붙이기**: 사람의 특성이나 행위를 기술할 때 과장되거나 부적절

한 명칭을 사용하여 기술하는 오류를 말합니다. '나는 쓰레기야, 집이 엉망

진창이야'라고 하는 경우입니다.

⑤ **파국화/재앙화:** 최악의 일이 벌어질 가능성을 생각하는 것입니다. '모든 사

람이 나를 비난할 거야, 우리집은 망할 거야'라고 생각하는 경우입니다.

내가 자주 하는 생각이나 말에서 인지적 오류를 찾아보세요.

아이는 예쁜데 자꾸 눈물이 나요

■ 미해결 과제와 산후 우울

게슈탈트(Gestalt, 전체, 형태, 모습을 뜻하는 독일어) 이론이란, 개체가 어떤 자극에 노출되었을 때 그것을 하나하나의 부분으로 보지 않고, 하나의 의미 있는 전체 혹은 형태로 보는 것을 말합니다. 그리고 인간은 사물을 게슈탈트로 만들어 지각하는 경향이 있습니다. 예를 들어 아래와 같은 세 개의 점을 인간은 '하나의 삼각형'으로 지각하는 것입니다.

이를 치료의 영역으로 확장하면 게슈탈트라는 개념은 '개체에 의해 지각된 자신의 행동 동기'를 뜻합니다. 한 사람이 자신의 욕구나 감정을 하나의 의미 있는 행동 동기로 조직화하여 지각하는 것입니다. 화장실에서 용변을 보고 싶은 것, 잠깐 나가서 산책하고 싶은 것, 직장에 다니며 일하고 싶은 것 등의 크고 작은 행동이 우리의 게슈탈트입니다.

우리가 게슈탈트를 형성하는 이유는 욕구나 감정을 하나의 의미 있는 행동으로 만들어 실행하고 완결짓기 위함입니다. 그리고 이러한 욕구와 감정이 완결되지 않거나, 해소되지 않은 것을 '미해결 과제'라고 부릅니다. 쉬운 예로, 점심시간이 되어 배가 고파졌는데 식사를 하지 못한 채 계속 일해야 한다면 일하는 내내 음식을 먹고 싶은 생각이 머릿속에 맴돕니다. 식사를 하지 못했다는 미해결 과제가 있으면, 십중

하기 힘들고 언제 허기를 채울까 싶어집니다. 게슈탈트 심리치료에서는 이러한 '미해결 과제가 많아질수록 개체는 자신의 유기체 욕구를 효과적으로 해소하는 데 실패하게 되고 마침내 심리적·신체적 장애를 일으킨다'라고 합니다. 점심을 먹고 싶은 정도의 미해결 과제라면 중간에 간식으로 요기하거나 늦게라도 식사하면 해결되지만, 삶에서 이루고 싶은 목표가 미해결 과제로 남는다면 어떨까요? 내가 원하는 학문을 전공하지 못한다거나, 사랑하는 사람과 결혼하지 못한다거나, 승진 시험에 통과하지 못한 미해결 과제가 있다면 삶에 아쉬움이 남고 한이나 불안 등이 생길 것입니다.

또 작은 미해결 과제가 무수히 쌓인다면 어떨까요? 육아가 그런 과정입니다. 조금 더 자고 싶은 욕구, 따뜻한 커피 한 잔을 마시고 싶은 욕구, 방해받지 않고 통화하고 싶은 욕구, 화장실에 혼자 가서 조용히 볼일을 보고 싶은 욕구 모두 번번이 좌절됩니다. 개인의 안녕을 위한 욕구만 해당하는 건 아닙니다. 가정 내에서 누군가를 위해 헌신하는 일도 해당합니다. 설거지라는 하나의 완결 행동을 마치기까지 아이가 안전한지 뒤돌아보고, 부름에 응답하고, 고무장갑을 벗어 아이를 안아주기를 두세 번은 반복해야 설거지가 완료됩니다. 집 안 정리도 마찬가지입니다. 아마 정리정돈이 되어야 만족하는 분들은 이 미해결 과제로 인해 많이 불편할 것입니다. 이렇게 아이를 키우며 크고 작은 것들이 미해결 과제로 남으면 주의력이 분산되고 스트레스가 됩니다.

미해결 과제에는 실제 어떤 행동을 완성하는 것 외에 감정도 포함

됩니다. 예를 들어, 저는 첫째를 대할 때 욱하는 감정이 있었는데, 이렇게 올라오는 감정의 실체가 무엇인지 알아볼 여유가 없어 무시하고는 했습니다. 그러다 가끔 욱하는 감정에 휩쓸려 아이에게 화나 짜증을 내는 등의 자동적이고 반사적인 반응을 보였습니다. 감정의 실체가 '좌절감'이라는 걸 안 것은 상담을 통해서입니다. 감정에 머물러 이야기하다가, 잘하고 싶었지만 잘되지 않아 속상했던 감정을 만난 것입니다. 이런 감정을 느끼는 것이 과제라니 이상하지요? 감정은 잘못된 것도, 못난 것도 아닙니다. 신기하게도 그 감정의 실체를 만난 순간, 오히려 시원함을 느꼈습니다. 그 감정을 만나고 나서야 지금 이대로도 괜찮은 엄마라고 저를 인정할 수 있었습니다.

감정에 대해 어떻게 이해하시나요? '넌 너무 감정적이야' 혹은 '감정적으로 대해서는 안 돼'라는 말을 들어보셨나요? 우리는 이성보다 감정을 부정적이고 통제해야 할 것으로 여기는 경향이 있습니다. 감정에 따라 행동하는 사람을 미성숙한 사람으로 보기도 합니다. 그러나 칭찬받았을 때 '뿌듯해하면서도 민망해하고, 칭찬받지 못한 다른 이를 신경 쓰는 개'나 '아름다운 것을 보고 황홀함을 느끼면서도 이것이 또 사라지겠구나 싶어 쓸쓸해하는 원숭이'를 보신 적이 있나요? 고도로 발달한 감정은 인간의 전유물입니다. 물론, 동물에게도 감정이 있습니다. 혐오, 공포, 기쁨, 불안과 같은 원초적 감정입니다. 감정의 사전적 정의는 '어떤 현상이나 일에 대해 일어나는 마음이나 느끼는 기분'

입니다. 억지로 발생시키려 해서 발생하는 것도 아니고, 막는다고 해서 막히는 것도 아닙니다. 그저 자연스럽게 발생하는 것입니다.

각 감정에는 역할이 있습니다. 낯선 것에는 경계를, 위험한 것에는 공포를, 상한 것에는 혐오를 느끼게 하여 유기체를 안전하고 건강하게 지켜 주는 것입니다. 긴장과 불안은 현재 상태에 머물지 않고 무언가 대비하거나 노력하게 하고, 기쁨은 삶의 원동력이 되어 자기 일과 삶의 방향을 찾게 하고, 사랑과 행복은 공동체의 결속을 다집니다. 그러므로 감정은 결코 무시되어야 하고 열등하고 불필요한 것이 아니라, 귀 기울여 우리 삶의 나침반으로 사용되어야 합니다. 물론 불편하고 부담감이 느껴지는 것도 사실입니다. 막상 감정을 느끼려 하면 아무 감정도 느껴지지 않는 경우도 많습니다. 그러나 조금씩 내 감정을 알아차리고, 받아들이고, 이해하고, 표현하는 연습을 해 나가면 차츰 익숙해지고 일상이 됩니다.

출산 후 겪는 여러 가지 감정에 대해서도 귀 기울여 보면 어떨까요? 덩어리진 감정이 크나큰 분노나 우울로 다가오는 것이 아니라 작은 좌절감, 실망, 아쉬움, 두려움과 같은 세부적인 감정들로 느껴질 때 비로소 우리는 그 감정을 명확히 바라보고 앞으로 나아갈 수 있을 것입니다. 이때 중요한 것은 '알아차림'입니다. '마음챙김'이라는 용어로 알려져 있습니다. 알아차린다는 것은 '순간적으로 판단하지 않고 주의를 기울이는 일'을 말합니다. 판단하거나 평가하지 않는 태도가 중요합니다.

아이는 예쁜데 자꾸 눈물이 나요

'지금 내가 왜 이러지?' 하고 머리로 생각하는 게 아니라, '내 몸이 어떻지? 내 기분이 어떻지?'하고 느낌에 머무는 것입니다. 그리고 느낌을 알아차리려면 '멈춤'이 필요합니다. 1분 1초도 쉼 없이 바쁘게 돌아가는 육아 중에 멈춤이라니? 황당하게 들릴지 모르겠습니다. 심호흡하며 1초라도 내 안에 머물러 순간순간을 알아차려 보세요. 잔뜩 올라간 어깨, 굳은 목, 높아져 있는 목소리, 터질듯한 가슴이 느껴질지 모릅니다. 당장 무엇을 어쩌지 못할 수도 있습니다. 그래도 나와 가장 가까이 있는 나 스스로 '너무 바쁘지? 버겁지?' 하고 다독이세요. '내가 지금 무섭구나, 내가 지금 아쉽구나' 하며 잔잔한 감정도 읽어 봅니다. 20% 정도만이라도 위안을 얻고, 진정시킬 수 있다면 조금은 나아질 것입니다.

'알아차림'은 게슈탈트 심리치료를 비롯한 현대 심리치료 이론에서 가장 강조되는 개념 가운데 하나입니다. 현대 마음챙김 명상의 대부 존 카밧진과 그의 아내 마일라 카밧진(Myla Kabat-Zinn)은《카밧진 박사의 부모 마음공부》를 통해 순간순간의 마음챙김을 통한 육아에 대해 말했습니다. 그들은 자신에 대해 알아차릴 때면 '내면의 비판자'가 나타나기 마련이지만, 치유의 본질은 자신이 처한 상황과 있는 그대로를 만나는 것이라고 했습니다. '이렇게 느껴서는 안 돼. 나는 매력적이지 못해. 나는 나약하고 이기적이야'라며 나 자신을 비판하는 게 아니라 그저 내가 지금 '이렇구나' 하고 받아들이는 것입니다. 또한, 마음챙김은 내가 내리는 선택을 포함해 지금 하는 일에 주의를 기울이는 것입니다. 즉각적으로 판단하고, 자동으로 반응하는 것과 다릅니다. 모든 것이 내 생각대로 되어야 한다는 것에서 벗어나 순간의 생각과 느낌에 깨어 있으려는 의도를 유지하면서 휩쓸리지 않도록 하는 일입니다. 익숙해지기 전에는 낯선 개념이라 추상적으로 들리지 않을까 염려됩니다. 그러나 한 번 익숙해지고 나면 언제나 나의 마음에 주의를 기울이는 것이 일상화되고, 나 자신을 지키고 표현하며 건강하게 반응하는 데에 도움이 됩니다. 알아차림을 훈련하고 싶다면 '호흡'에 집중하시길 바랍니다. 내 호흡이 가쁜지, 가슴께에 멈춰 있는지, 느린지, 내쉬기가 안 되어 숨을 머금고 있는지 등을 느끼게 되면 내 몸의 감각, 현재 나의 상태에 집중할 수 있습니다.

타라 브랙(Tara Brach)은 저서 《받아들임》에서 '근본적 수용'이라는 개념을 이야기합니다. 근본적 수용이란, 내면에서 일어나고 있는 것을 분명히 인식하고, 본 것을 열린 마음과 친절함, 사랑의 마음으로 바라보는 것입니다. '제대로 하려면 더 해야 해. 나는 불완전하므로 행복하려면 더 많이 필요해' 등의 생각에 쫓기면 현재에 주의할 수 없습니다. 그래서 마음챙김과 더불어 중요한 것이 '자비'입니다. 자비는 우리가 지각한 것과 부드럽고 호의적인 방식으로 관계하는 능력입니다. 두려움이나 슬픔의 감정에 저항하는 대신 아이를 보듬는 어머니의 사랑으로 자신의 고통을 감싸 안는 것입니다.

우리는 늘 무언가를 해야 하고 성과를 내야 하는 세상에 살고 있습니다. 양육에서도 그렇게 되기 쉽습니다. 양육에 대해 판단하고 평가하

아이는 예쁜데 자꾸 눈물이 나요

고 더 잘해야 한다고 여기며 자신을 채찍질하는 것입니다. 그러나 사회의 판단과 기준에서 잠시 멀어져, 이 양육의 순간은 진정한 나를 만나고 내 안에 일어나는 모든 일에 귀 기울일 기회라고 생각하면 좋겠습니다. 카밧진 부부는 고요하게 깨어 있는 시간이 몸과 영혼의 자양분이 된다고 말하며, 특히 어린 자녀를 둔 부모에게는 이 시간이 더욱 필요하다고 했습니다. 카밧진 부부는 저서를 통해 '언제든 지금 이 순간에 존재하는 것만으로도 충분합니다. 당신은 '이미' 당신이기 때문입니다. 지금 당신의 모습대로 존재하면 됩니다'라고 하였습니다. 그리고 타라 브랙 또한 '불완전함은 우리 개인의 문제가 아니며 존재의 자연스러운 부분이다'라고 말했습니다.

지금 이 순간에 있는 그대로를 느껴도 괜찮습니다. 당신의 감정은 잘못된 것이 아닙니다.

1. 나의 감정을 알아차려 볼까요.

① 몸의 감각을 느껴 봅시다. 가만히 나의 몸에 주의를 기울입니다. 머리끝에서 발끝까지의 감각을 느껴 보세요. 긴장했는지, 웅크려 있는지, 뜨거운지, 떨리는지, 힘없이 축 늘어져 있는지, 꼭 쥐고 있거나 자꾸만 감추게 되거나 움직이게 되는 부분들이 있는지. 몸이 무엇을 느끼고 어떤 말을 하고 싶은지 느껴 봅니다.

② 감정에 관한 단어를 찾아봅시다. 기분이 좋고 나쁘고 외에 우리 마음을 더 섬세하게 표현해줄 감정의 단어를 만나, 이 감정을 똑 떨어지게 표현하는 마음의 이름을 찾아봅니다. 마음에 이름을 붙이면 그 마음이 더 선명하게 다가옵니다. 알 수 없어 두렵고 무거운 대상이 아니라 이해할 수 있고 조절할 수 있는 대상이 됩니다.

2. 감정 일기를 적어볼까요. 오늘 마음이 어떠했는지, 무슨 일이 있었는지, 그리고 마음이 어떠한지를 적어봅니다. 정확한 느낌을 찾기 어렵다면 아래의 단어들을 소리 내어 읽어 와닿는 단어를 찾아보세요. 실제로 제가 상담 수련을 받을 때 받았던 활동지의 내용입니다.

· 느낌 단어 목록

가슴 아파 / 가슴 떨려 / 거북해 / 걱정돼(걱정스러워) / 겁나 / 고통스러워 / 곤혹스러워 / 공감해 / 구역질 나 / 권태로워 / 귀여워 / 그리워 / 기대돼 / 기뻐 / 기분 나빠 / 긴장돼 / 낙담스러워 / 난처해 / 넌더리 나 / 놀라워 / 눈물 나 / 답답해 / 당황스러워 / 따사로워 / 떨려 / 두려워 / 마음이 무거워 / 만족해 / 매력 느껴 / 무서워 / 미워 / 민망스러워 / 반가워 / 반감 느껴 / 배신감 느껴 / 복수심 느껴 / 부끄러워 / 부러워 / 분해 / 불안해 / 불행해 / 뿌듯해 / 비참해 / 사랑해(사랑스러워) / 상쾌해 / 샘나 / 서글퍼 / 서운해 / 섭섭해 / 섬뜩해 / 성질나 / 소름 끼쳐 / 소외감 느껴 / 쑥스러워 /

슬퍼 / 시원해 / 신경질 나 / 신나 / 싫증 나 / 아쉬워 / 안달 나 / 안타까워 / 암담해 / 애처로워 / 약올라 / 얄미워 / 어이없어 / 억울해 / 언짢아 / 역겨워 / 염려돼 / 외로워 / 울고 싶어 / 울적해 / 울화가 치밀어 / 위압감 느껴 / 의심스러워 / 자랑스러워 / 자신감 생겨 / 자신 있어 / 짜릿해 / 재미있어 / 조바심 나 / 죄스러워 / 즐거워 / 지루해 / 참담해 / 초조해 / 편안해 / 피곤해 / 한스러워 / 행복해 / 허전해 / 허무해 / 허탈해 / 혐오스러워 / 호감 가 / 환멸스러워 / 황홀해 / 후회스러워 / 흐뭇해 / 흥분돼 / 힘이 나

■ 애도와 산후 우울

미국정신분석학회의 《정신분석 용어사전》에 따르면, 애도란 사랑하던 사람의 죽음과 관련한 단어 같지만, 실은 모든 의미 있는 것들의 상실에 대한 정상 반응을 일컫는 말입니다. 슬픔, 당황스러움, 상실감, 그리움, 후회, 죄책감 등 상실에 뒤따르는 감정을 충분히 겪고 지나가는 것이 애도 과정입니다.

사랑하는 이를 잃은 슬픔에 출산을 비견하다니 이기적인 게 아닌가 싶기도 합니다. 그러나 상실한 대상이 차지했던 비중, 상실의 의미, 상실의 영향에 차이는 있겠으나 모든 상실에 따르는 감정은 비슷합니다. 김형경 작가는 저서 《좋은 이별》을 통해 우리의 삶에서 일상적 애도의 필요성을 이야기합니다. '물건, 공간과 환경, 직장, 추상적인 것, 젊은 날의 자신 모두 애도의 대상이 될 수 있다'라고 말입니다. 또한, 베레나 카스트(Verena Kast)는 《애도》에서 '우리가 언제 슬퍼해야 하고, 언제 슬퍼해서는 안 되는지, 애도가 어느 정도 지속되는 것이 적당한지에 대해서 일정한 틀을 가지고 있는 것이 애도를 크게 방해한다'라고 하며, '누구를 위해, 얼마 동안 애도해야 하는지에 대해서는 어떤 원칙도 정해져 있지 않다. 우리가 어느 대상에게 감정적으로 긴밀하게 연결되어 있다면, 우리는 바로 그만큼 슬퍼해야 한다'라고 말했습니다. 그리고 유산이나 이혼에도 충분한 애도가 필요하다고 덧붙였습니다. 애도의 대상은 반려동물, 오래 타던 차, 사랑하는 사람이 주었던 잃어버

아이는 예쁜데 자꾸 눈물이 나요

린 선물, 행복한 여행의 끝, 정들었던 집 모두 해당합니다. 모두 이별하는 것이고 상실감을 경험합니다. 그에 따르는 내 마음을 충분히 알아주고 받아들이는 것, 그것이 애도이고 치유입니다. 애도를 다룬 또 다른 훌륭한 책인 윌리엄 워든(J. William Worden)의 《유족의 사별애도 상담과 치료》에서도 '사별 슬픔 다루기의 초점이 죽음으로 인한 상실에 관한 것이지만, 이 원리들은 상실을 애도하는 것의 다양한 유형들인 이혼, 신체 절단, 실직, 폭력의 희생자로서 경험한 상실들이 모두 이에 속한다'라고 이야기합니다.

출산은 산모의 신체에 극한의 고통과 변화를 겪게 하고, 죽음에 가까워지는 과정입니다. 실제로 여성은 출산 전후로 몸의 변화를 경험합니다. 출산 전에는 몸매와 유방의 변화, 입덧과 부유방, 튼살 등을 경험하고, 출산 후에는 체형과 체질의 변화를 경험합니다. 심리적으로는 어떨까요? 어머니가 되며, 과거의 자신을 '죽었다'라고 표현하는 경우가 있습니다. 예를 들어, 중국 드라마 〈겨우, 서른〉에서 '구자'라는 인물은 "조리를 마친 다음 날, 구자는 죽고 엄마만 남았다는 걸 알게 되었다"라고 말했으며, 목영롱은 《굴욕 없는 출산》에서 '산모는 삶보다 죽음에 더 가까운 어떤 세계에 다녀온, 모든 에너지가 소진된 부상병 같다'라고 했습니다.

출생과 죽음을 연결된 것으로 보거나, 여성의 출산을 생산성과 관련해 생각하는 문화권도 있습니다. 나오미 울프(Naomi Wolf)는 자신의 저서에서 '선조들은 임신한 여자를 죽은 여자로 간주했다'라고 기술했으며, 오나 도나스(Orna Donath)는 《엄마됨을 후회함》에서 '여성은 임신 중에 자신의 무덤을 판다. 그리고 출산 중에 살아남으면 우선 부드러운 흙을 떠서 무덤에 던져 넣는다. 출산 후 40일까지도 여성이 여전히 살아 있으면 무덤은 최종적으로 닫힌다'라고 했습니다. 엄마가 되는 경험은 여성에게 더없이 기쁘고 놀라운 것이기는 하나, 물리적으로는 죽음에 가까워지고, 심리적으로는 자기 정체성을 상실하는 일인 것입니다.

> *수많은 여성이 새 생명을 낳으면 자신의 삶을 상실하는 경험을 한다. 그들은 애초의 육체와 열정의 상실, 그리고 낭만적이거나 현실적인 관계의 상실, 자아의 상실, 창조성의 상실, 심지어 언어의 상실마저 경험한다. 엄마가 되고 나서 처음으로 언어가 없는 나 자신을 재발견했다. 내 입에서 나온 말들은 다른 사람들이 알아들을 수 없는 웅얼거림이었다.*
>
> _오나 도나스, 《엄마됨을 후회함》 중에서

글쓰기를 즐겼던 저였으나, 출산 후 거의 2년 동안 어떤 글도 제대로 완결짓기 어려웠습니다. 나라는 개인으로서의 생각, 감정, 경험과 엄마로서의 생각, 감정, 경험과 구별하기 어려웠으며 '나는 분명히 이렇게 느끼는데 엄마로서 이렇게 느껴도 되나? 엄마가 된 내가 이런 감정, 생각, 경험을 한다고 하면 비난받을 일 같은데'라며 혼란을 겪었습니다. 산후 우울증 때문이기도 했지만, 그저 '힘들다, 눈물이 난다'와 같은 간단한 글귀도 끄적임에서 끝났고, 아기에 관한 단편적인 기록 외의 글은 완성하지 못했습니다. 이는 언어의 상실과 자기 경험을 표현하지 못하는 상태를 의미합니다. 분명히 존재하는 주관적 경험을 표현할 수 없는, 그러므로 가장 창조적이고 창의적인 동시에 가장 이해받기 어려운 상태라고 볼 수 있습니다.

인간중심 상담 이론의 창시자 칼 로저스의 딸이자 예술치료의 선구자인 나탈리 로저스(Natalie Rogers)는 '애도의 과정에서 활용하는 표현예술은 사랑하던 사람을 잃거나 자신의 어떤 부분을 잃은 마음에서 나오는 다양한 감정을 표현하고 변화시키는 언어이다. 이때는 어떠한 말도 목에 걸려 나오지 않고, 자신의 마음의 상태조차 인식되지 않기 때문이다'라고 했습니다. 그녀의 말에서도 자신이 잃은 어떤 부분에 대한 애도가 필요하며, 그 과정에서 마음 상태의 인식과 표현이 어려울 수 있음을 알 수 있습니다.

저는 이 낯선 상태를 이해하기 위해 주변을 돌아보았습니다. 그러나 주변은 온통 '너는 이제 오직 엄마'라고 말하는 사람뿐인 세계로 바뀌어 있었습니다. 우리는 자신을 타인과의 관계에서 발견합니다. 그러나 가장 많이 관계 맺는 사람은 아기가 되므로, 내가 누구인지를 충분히 알려줄 사람이 없습니다. 아기는 오로지 생존을 위해 울고, 먹고, 자고, 요구하는 존재입니다. 이런 아기의 요구에 응하는 생활이 당연해지니 어딘가 공허하고, 무언가 상실한 느낌이 듭니다. 그러나 그것을 인지할 시간적 여유는 없습니다.

상실과 애도에 관한 개념에 있어 가장 정통한 학자 중 한 명인 엘리자베스 퀴블러 로스(Elizabeth Kubler Ross)는 애도의 단계를 '부정-분노-타협-우울-수용'이라고 이야기했습니다. 왜 산후 분노도, 산후 불안도 아니고 산후 우울인가. 나를 잃었다는 인식이 없으니 부정할 수도 없고, 엄마가 된 것을 분노할 수도 없고. 현재 주어진 상황에 우선으로 적응하고 타협해 가며 우울의 단계가 바로 오는 것은 아닌지, 생각해봅니다.

눈뜨면 거울을 보던 나는 이제 눈을 뜨면 아기의 얼굴을 봅니다. 세수도 하기 전에 분유를 타거나 젖을 물립니다. 병원에 가면 나의 이름보다 아기의 이름으로 불리는 일이 더 잦습니다. 아이의 주민등록번호를 적어야 하는데 무의식중에 내 주민등록번호를 적습니다. 슥슥 지우고 다시 쓰거나, 종이를 받아 새로 적습니다. 상실한 내 존재를 인식하는 것은 고작 그 슥슥 지우는 찰나뿐입니다.

정신분석학의 아버지 프로이트는 《정신분석학의 근본 개념》에서 애도를 정상적인 반응으로, 우울증을 병리적인 반응으로 설명하며, 애도와 우울증의 차이는 애도하는 사람은 자기가 무엇을 상실했는지 아는 반면, 우울증인 사람은 자신이 누구를 잃었는지는 알지만 무엇을 잃었는지는 모른다는 점에 있다고 했습니다. 그리고 베레나 카스트(Verena Kast)는 《애도》에서 프로이트의 이론에 '우울증의 경우 대상의 상실이 부분적으로 의식에 통합되지 못한다는 것이다. 그 밖의 차이점으로 프로이트는 애도에서는 대상과의 관계가 단순하지만, 우울증의

아이는 예쁜데 자꾸 눈물이 나요

경우에는 대상에게 사랑과 증오가 동시에 향하는 양가적 갈등이 존재한다는 점을 들고 있다'라고 덧붙였습니다. 그렇다면 우리는 무엇을 상실했는지, 과연 상실하기는 했는지를 먼저 알아야 합니다. 이에 대해 윌리엄 워든은《유족의 사별애도 상담과 치료》에서 애도의 과업을 제시했는데, 그 첫 번째는 역시 '상실의 현실을 받아들임'입니다. 이후 애도의 과업에 대해 더 서술하겠지만, 어떠신가요? 글을 읽고 계신 분들은 출산을 통한 상실에 대해 동의하고, 떠오르는 게 있으신가요?

■ 우리는 무엇을 잃었나

개인적으로 가장 강하게 느낀 상실감의 대상은 과거의 자유로운 삶이었습니다. 저녁 외출, 주말 늦잠, 자유로운 직업 활동과 소비, 자기계발과 발전, 눈 뜬 직후 잠깐의 뭉그적거림, 혼자서 먹는 여유로운 점심, 가벼운 어깨, 천천히 쉬는 숨과 같은 작고 작은 것까지.

아기를 낳고는 내가 삶을 즐기던 방식으로 생활을 이어 나가는 것도 불가능해졌습니다. 자기 전까지 좋아하는 음악을 반복 재생한다든가, 멍하니 공상에 빠지기도 하고 글을 끄적이고 공부하고, 여행을 떠나기도 하는. 남편과 늦잠을 자고 일어나 영화를 보고, 찻집에서 평온하게 서로의 얼굴을 바라보고 대화하는 시간은 가질 수 없었습니다. 대신 아기의 옹알이에 답하고, 아기의 얼굴을 들여다보고, 사진을 찍고 나누는 일이 일상이 되었습니다. 그렇게 새롭고 들뜬 마음속에서 내가 새롭게 만난 엄마라는 정체성을 완전히 동일시했습니다. 그러다가 엄마라는 정체성에 들어맞지 않을 것 같은 감정인 두려움, 불안, 나약함, 미움, 분노 같은 키워드가 등장하면 충돌이 일어납니다. 또, 이미 일어난 충돌을 없앨수는 없으므로 어떻게든 처리하려 합니다. 그것들을 처리하는 쉬운 방법은 '누르기(억압)'와 '없다고 생각하기(부정)'입니다. '아니야. 나는 괜찮아. 나에겐 사랑밖에 없어. 나는 할 수 있어'라고 생각하며 할 수 있고 또해야만 한다고 믿으며 힘내 보는 것. 그러나 부정적인 감정은 이렇게 누르고 고개를 흔들어 털어낸다고 해서 사라지지 않습니다. 내 주위를 맴돕니다. 그럴 때 또 한 가지 쉬운 방법은 '나를 비난하기'입니다. 두려워하고 약해 보이는 엄마는 받아들이기 어려우니, 강하지 않은 나를 비난합니다. '왜 이리 다른 엄마들처럼 씩씩하지 못해'라고 말이지요. 그리고 미워하는 마음조차 용납할 수 없어 '엄마가 모성애가 부족하네. 네가 선택한 거면서'라고 역시 비난합니다. 나를 괴롭히는, 어쩔 수 없이 느껴 버리고 만 것들을 더는 느끼지 않으려 애씁니다. 그러다 보면, 무감각해지고, 감정의 정체를 알기 어려워집니다. 덩어리가 된 감정은 아주 무겁고 축축하게 주위를 맴돕니다. 그것이 '우울'입니다. 자유를 잃었다고 말하기엔 부족합니다. 무엇이든 말해도 괜찮았던 나, 무엇이든 느껴도 괜찮았던 나, 나는 그것도 잃은 것입니다. 나는 나를 잃은 것입니다.

이전의 관계들 또한 잃었습니다. 남편에게 여성이었던 나, 부모에게 딸이었던 나 모두 흔적을 감추고 '엄마'로 다시 태어납니다. 누구 앞에서든 수유하고, 말하는 문장의 주어나 목적어는 대부분 아이가 차지합니다. 오늘 아기가 잘 자고 잘 먹었는지, 나는 엄마로서 어떤 일을 했는지 등을 이야기합니다. 결혼 전, 남편을 처음으로 부모님께 소개하던 날이 떠오릅니다. 조용하고 아늑한 동네의 찻집에서 만나기로 하고, 남편과 저는 떨리는 마음으로 나란히 앉아 부모님을 기다렸습니다. 긴장된다기에 "내가 있잖아. 나만 믿어"라고 했는데, 두 분이 걸어 들어오시자 믿고 따르라던 모습은 온데간데없이 사라지고 눈물이 나기 시작합니다(산후 우울증 때문에 눈물이 많이 난 게 아니고 원래 잘 울었던 건지 모르겠습니다). '늘 부모님과 한 방향에서 출발해 어딘가를 향했는데, 이제는 다른 방향에서 출발해 만나는구나. 전에는 부모님과 한 곳을 바라보았다면, 이제는 남편과 내가 한 팀이 되어 부모님을 마주보는구나' 부모님과 마주한다는 건 시각적으로 저에게 독립을 상징했고, 그것이 제 눈물샘을 건드렸습니다. 나만 믿으라고 했던 저만 빼고 셋이 화기애애하게 이야기를 나누었다는 후문입니다. 그렇게 우리들의 관계는 재정비됩니다. 같이 살던 딸에서 분가한 딸로, 분가한 딸에서 손녀의 엄마로. 물론, 딸임에는 변함없습니다. 그것을 인지시키려 아빠는 부지런히 "우리 딸, 정은이" 하며 불러 주셨습니다. 그러나 "엄마가 아기 먹을 거 먼저 먹어 봐야지, 엄마가 강해야지"라고도 하십니다. 부모님께도 나는 딸이면서 역시 '엄마'입니다.

임신하자마자 직장에서 재계약이 배제됩니다. 연 단위 계약직이었기에 육아 휴직을 바라지도 않았지만, 재계약에서 배제된 일은 사회에서 여성의 임신이 어떻게 다루어지는지 알게 된 경험이었습니다. 돌아갈 곳도, 나를 기다리는 곳도, 나를 필요로 하는 곳도 잃는 기분입니다. "엄마가 되기 전에 상담 공부를 시작해서 좋겠어. 젊으니까 교수도 될 수 있을 거야"라는 말은 기대감과 함께 부담감을 주는 말이었습니다. 상담사로서 누군가를 가르칠 수 있을 정도의 자격을 취득하려면 수백 시간 이상의 수련이 필요합니다. 그러한 과정은 대부분 주말이나 저녁에 이루어지고 한 번에 장시간 진행됩니다. 주말에 아이를 맡기고 공부하러 간다? 최소한 10년 후에 가능할 것처럼 요원하게 느껴집니다. 한 분야의 전문가가 되고, 영향력을 발휘하고 싶었던 저는 내가 도달할 수 있는 목표, 내가 발전할 수 있는 최대값마저 잃은 기분입니다. 내가 육아에 매진하는 동안 다른 사람들은 경력을 쌓고, 더 배우고 승진할 거로 생각하면 나는 그만큼까지는 성장할 수 없을 거라고 체념하게 됩니다. 존재감마저 잃을 것 같아 불안이 요동칩니다. 특별한 사람이 되고 싶고, 유능한 사람이 되고 싶었으나 그저 그런 평범한 사람으로 살아가게 되는 것에 만족해야 할지도 모른다는 불안감입니다. 과거의 제가 쉽게 이야기하고 판단했던 것들 또한 파도를 만난 모래성처럼 스르르 무너졌습니다. '이런 삶들이 있었다고?' 도처에 엄마라는 이름으로 사는 사람들을 보고도 보지 못했던 충격, 친구라는 이름으로 또는 상담사라는 이름으로 엄마의 역할을 판단하고 조언했던 것들이 후회되

아이는 예쁜데 자꾸 눈물이 나요

고 부끄러워집니다. 그간 말하던 것들을 주저함과 후퇴 없이는 말하기가 부끄럽습니다. 정체성의 상실과 혼란에 더불어, 가치관의 혼란까지 맞았다는 이야기입니다. '나는 누구이며 어떻게 살아야 하는가, 무엇이 맞고 무엇이 틀린가'의 판단 기준이 상실된 상태. 양수와 함께 아이가 빠져나와도 여전히 힘없이 늘어져 있던 배처럼, 내 안은 새로운 가치관과 판단으로 채워지지 못하고 덩그러니 빈 상태로 남았습니다.

많은 것을 잃었다는 느낌에 압도된 산모에게, 그 누가 울지 말라고 말할 수 있겠습니까. 어찌 눈물이 나지 않을 수 있겠습니까. 네가 한 선택이니 감내하라는 말 이전에, 삶에서 각자가 겪은 상실을 떠올린다면 조금은 이해할 수 있을지 모릅니다. 소중하고 보석 같은 아기는 이 모든 것을 잃는다고 해도 다시 선택할 만한 가치가 있고, 삶의 목표가 되기도 하지만, 잃은 것은 잃은 것이니까요. 눈물이 나는 것은 나는 것이니까요.

윌리엄 워든은 '이 상실의 현실에 대한 수용은 인지적 수용뿐 아니라 정서적 수용을 포함하는 것이므로 시간을 필요로 한다'라고 말합니다. 머리로는 '이제 엄마가 되었으니 감내할 수 있어. 몰랐던 거 아니잖아. 남들 다 이렇게 키워' 하며 되뇌면서도 정서적 수용은 오랜 시간 고통을 요구할 수 있습니다. 그러므로 주변에서는 알 수 없이 치솟는 분노와 박탈감, 억울함, 그리움, 슬픔, 불안감, 허망함과 같은 감정이 있을 수 있다고 인정하고 공감해 주어야 합니다. 물론, 아빠라고 왜 잃은 게 없겠습니까? 육아를 공동의 임무라고 생각하고 아내를 배려하는 남편이라면, 많은 것을 잃습니다. 요즘은 많은 남성이 아내와 함께 육아하기를 최우선에 두는 경우가 많습니다. 그러면서 역시나 주말 늦잠과 휴식, 퇴근길에 술 한 잔하는 자유를 잃습니다. 그러나 여성이 겪는 임신과 출산으로 몸의 변화와 체형의 변화, 신체 기능의 쇠퇴, 초기 양육으로 인한 경력의 단절 등을 겪으며 더 많은 것을 잃는다는 건 부정할 수 없을 것입니다. 여성이 더 많이 잃느냐, 남성이 더 많이 잃느냐를 비교를 하고자 하는 건 아닙니다. 그보다는 각자의 자리에서 잃은 것들, 함께 잃은 것들을 애도하고 서로가 채워 줄 수 있는 것들을 이야기하는 게 좋을 것입니다.

앞에서 윌리엄 워든이 말한 애도의 과업으로 '상실의 현실을 받아들임'을 첫 번째로 꼽았다면, 두 번째 과업은 '고통을 겪으며 슬픔을 작업해내기'입니다. 상실의 고통을 받아들이고 작업해 나가는 것은 필수입니다. 그렇지 않으면 고통은 육체적 증상이나 정상을 벗어난 행동으로 자기 존재를 명확히 드러냅니다. 《유족의 사별애도 상담과 치료》에 의하면, 고통을 겪으면서도 고통을 느끼지 않고자 하는 것으로 이 과업을 부정하는 이도 있고, 즐거운 추억만을 떠올리는 것으로 불편한 생각에서 자신을 방어하는 이도 있다고 합니다.

다시 한번 말하지만, 우울은 슬픔과 달리 상실을 진심으로 수용하지 못한 채 절망감을 느끼는 상태를 말합니다. 레실 S. 그린버그(Leslie S. Greenberg)의 저서 《심리치료에서 정서를 어떻게 다룰 것인가》에서는 '그러므로 슬픔이 느껴질 때는 슬픔을 느끼는 것도 필요한 과정'임을 밝히며 '슬픔을 차단하거나 지나치게 통제하면 애도 작업이 제대로 완

아이는 예쁜데 자꾸 눈물이 나요

결되지 못한다. 제대로 울지 못한 채 호흡은 중지되고 가슴과 목구멍, 얼굴 근육이 중지된다. (중략) 이런 상황에 처하면 슬픔을 느끼고 표현하는 것보다 화를 내는 것이 훨씬 더 쉽다는 것을 알게 된다'라고 하였습니다. 아이에게 버럭 화를 내는 자기 모습에 힘들어하는 엄마가 많습니다. 저도 예외는 아니었습니다. 위 문장은 화 밑에 있는 감정에 대해 돌이켜보게 하고, 제대로 슬픔을 느끼는 것의 중요함을 알려줍니다.

눈물을 자제한다고 해서 슬픔이 사라지는 것은 아닙니다. 우울하지 않은데 우울하라고, 눈물이 나지 않는데 울라고 할 수는 없으나 첫째 출산 때는 경험하지 않았던 산후 우울증을 둘째 출산 때 경험한다거나, 막연한 우울감이 육아 우울감으로 이어져 만성 우울증이 되는 경우를 종종 봅니다. 마음을 터놓고 울 수 있는 공간이나 지지가 없어 슬픔이 차단되면 애도 작업이 완료되지 않습니다. 그리고 이 슬픔이 분노로 표출되면 부부 갈등이 심화하거나 아이에게 분노를 보일 수도 있습니다. 이 말에 대해 "잠깐, 그러면 엄마가 되었다고 울고 쓰러져 과거만을 그리워하라고요?"라고 반문할 수도 있을 것입니다. 제가 생각하는 애도란, 사진을 무작정 덮어 두는 것이 아니라 쓰다듬으며 그리워하고 바라보는 것입니다. 그리워 엉엉 울게 되면 막지 말고 그렇게 울어 보기도 하는 것입니다. 엄마가 되었다고 해서 나란 사람은 없다는 듯이 덮어놓거나, 이제 더는 과거란 없다고 단념하기보다 나는 과거에 어떤 사람이었는지, 어떤 때 행복했는지, 당연하게 주어진 줄 알았으나 아니었던 소중한 것들을 다시 하나씩 보고 알아주고 보내 주는 것이 애도일 것입니다.

세 번째 과업은 '적응하기'입니다. 윌리엄 워든은 적응을 '외부 적응, 내부 적응, 영적 적응'으로 나누어 설명합니다. 외부 적응은 '일상생활에의 적응'으로 대부분의 엄마가 이미 하고 있는 것입니다. 머리를 질끈 묶고 젖 물리기에 한창이니까요. 내부 적응은 '자아의 감각에의 적응'입니다. 우울감에 많은 영향을 미치는 부분입니다. 영적 적응은 '상실한 개인의 적응'으로 가치관, 세상을 가정하는 방안에 영향을 미치는 부분입니다. 영적 적응 여부가 상실의 경험을 돌이킬 수 없는 트라우마로 남게 하는지, 삶의 의미를 되찾고 자신을 성장시키는 계기로 삼게 하는지를 결정하는 지점입니다.

　엘리자베스 퀴블러 로스(Elizabeth Kubler Ross)와 함께 《인생 수업》과 《상실 수업》을 쓴 슬픔과 애도 분야 전문가인 데이비드 케슬러(David Kessler)는 엘리자베스 퀴블러 로스의 애도의 다섯 단계(부정-분노-타협-우울-수용)에 한 단계를 덧붙였습니다. 다섯 단계의 다음 단계이자, 다섯 단계를 수렴해 완성하는 단계로, 바로 '의미'의 단계입니다. 상실에서 의미를 발견해야 아픔을 진정으로 극복하고, 남은 삶도 치유할 수 있다는 것입니다. 그는 《의미 수업》에서 '이 의미를 진지하게 받아들이고 실천하면 슬픔을 보다 충만하고 풍요로운 무언가로 바꿀 수 있음을 알게 된다'라고 하며, '꼭 큰 규모여야만 의미를 찾을 수 있는 것이 아니라 마음만 먹는다면 사소한 순간에서도 의미를 찾을 수 있다'라고도 덧붙입니다.

　이러한 과정은 굳이 이 책을 읽지 않았더라도 실제 삶을 통해 알

　아이는 예쁜데 자꾸 눈물이 나요

수 있습니다. 저 또한 의도적으로, 한편으로는 무의식적으로 이러한 과정을 거치며 치유와 성장을 경험했습니다.

외모의 아름다움을 잃었지만, 그것이 다가 아니라는 것을 알았습니다. 수유하는 모습, 다정하게 말 거는 모습, 아이들을 차분히 달래는 모습도 남편이 아름답게 느낀다는 것을 아는 것은 새로운 감동이었고, 그토록 원하던 아기가, 일어나 세수와 양치도 못한 나를 있는 그대로 열렬히 사랑해 준다는 것 또한 감동이었습니다. 경력이 단절되어 상담 실력이 줄어드는 듯한 마음도 더더욱 공부하고 싶게 했습니다. 전에는 외부에 보이기 위한 자격 취득이나 지위가 중요했다면, 이제는 진정한 나의 만족과 내담자를 돕고자 하는 마음이 함께합니다.

짧고 굵게 가는 것만이 다가 아님을 알았습니다. 아이를 키우느라 남들보다 직업적으로 성장이 더디다는 것은 오히려 저에게 강한 원동력이 되었습니다. 뒷심이 약하고 중간에 그만두기에 십상인 제가 애초에 목표를 길게 설정하고 '하다 보면 되겠지. 가다 보면 닿겠지'라고 생각한 것은 느긋함과 변수에도 흔들리지 않는 힘이 되었습니다.

지식을 채워 넣는 것만이 성장이 아니라는 것을 알았습니다. 아이들과 부대끼는 삶은 저에게 수많은 생각할 거리를 주었고, 그렇게 고민한 것을 삶에 적용하며 성찰할 수 있는 사람이 되었습니다. 적용의 실패 또한 저를 성숙하게 하는 자산이 되었습니다.

사람이 어떻게 사는지를 생생히 볼 수 있게 되었습니다. 무엇을 말하고 말하지 않는 게 좋을지 완벽한 판단은 할 수 없지만, 한 번은 고민하는 사람이 되었습니다. 누군가 아이를 데리고 여기에 있다는 것만으로, 여기까지 오게 된 과정과 앞으로 거칠 여정을 예상하게 되어 사람을 환대하게 되었습니다. 아이를 낳고 키우는 과정을 알게 되니 타인에게 '그럴 수도 있다'라는 시각이 적용된 것입니다.

무엇보다 제가 가장 잘한 상실은, 저의 허상을 잃는 일이었습니다. 대단한 사람인 것 같고, 가장 배려받아야 하는 사람인 줄 알았던 저 자신에 대한 허상. 남과 다른 척, 도도하고 잘난 척하던 모습을 버리고 현실에 발 디뎌 타인에게 약한 모습도 보이고, 타인이 내 약한 모습을 보는 데서 느끼던 예민함이 줄었습니다. 그리고 그 자리에는 유대감이 채워졌습니다. 그 무엇보다 삶을 그저 묵묵히 살아가야 할 의미가 생겼습니다. 고된 삶 속에서도 매일 웃게 하는 존재, 바로 아이들이지요.

이 과정은 인생에서 무엇보다 필요했던 성장을 위한 지점이었습니다. 안일하게 도움만 받던 자녀에서 온전히 주체가 되어 결정하고, 책임지고, 한 사람의 인생을 돕는 일을 해내며 강해지지 않을 수 없었습니다. 한때 독박육아를 하는 것 같아 괴로워하고, 분노하고, 열등감에 시달렸으나 한 강의를 통해 여성 영웅 신화에 반드시 등장하는 '동굴의 시간'이 그 시간이었음을 알았습니다. 그렇게 저는 누구보다 강한 저 자신을 만났습니다.

상실한 것을 깨달음과 동시에 강하게 일깨워진 것은 '다른 것도 상실할 수 있다'라는 사실입니다. 한순간 내 삶이 뒤바뀔 수도 있고, 내가

아이는 예쁜데 자꾸 눈물이 나요

받은 사랑을 충분히 갚지 못한 채 세월이 흘러버릴 수 있다는 것을 알았을 때 또 이런 상실감을 느낄 수 있겠다는 게 강하게 느껴졌습니다. 그러자 두려웠습니다. 아이가 더디게 자라 답답하면서 아이가 한순간에 불쑥 자라 옛 모습이 그리워질까 봐 두렵습니다. 부모님이 행복해하시는 모습을 보며 헤어질까 봐 두렵습니다. 아직 겪지 않은 상실들에 대해서도 두려워한 것입니다. 그러면서 남은 삶이 무겁게 느껴지기도 했지요. 이를 '실존적 깨달음'이라고 합니다. 모든 것이 유한하다는 깨달음. 인간에게 죽음은 피할 수 없는 일이기에 죽음을 기억하며 산다는 것은 불안을 유발하지만, 한편으로는 현재를 더욱 가치 있게 느끼도록 합니다. 현재도 지나간다는 것을 기억하며, 눈앞에 있는 것을 소중히 여겨 기꺼이 끌어안게 합니다. 두렵다고 사랑하지 않을 것인가? 언젠가 상실과 슬픔을 경험할 것이라고 해서 사랑을 멈출 것인가? 자문한 결과, 아니었습니다. 케슬러는 《의미 수업》에서 '사랑하면 언젠가는 슬프다. 우리에게는 슬픔 이후를 견뎌낼 용기가 필요하다'라고 했습니다.

너무 행복한 순간에 우리는 두려워지고는 합니다. 영화나 드라마에서 주인공이 따뜻하고 행복한 시간을 보내는 장면이 나오면 갑자기 불행한 일이 닥칠 것 같은 느낌이 드는 것과 같습니다. 이를 제니퍼 시니어(Jennifer Senior)는 저서 《부모로 산다는 것》에서 '불길한 기쁨'이라고 하며 '부모라면 거의 모두가 '불길한 기쁨' 경험한다. (중략) 그러나 부모가 이런 감정을 느끼지 않고 어떻게 황홀경을 경험할 수 있겠는가?

이런 감정들은 엄마와 아빠가 기쁨의 대가로, 그 끝없는 연결성의 대가로 지불해야 하는 값이다. 그래서 베일런트도 기쁨을 뒤집으면 슬픔이 되고 슬픔을 뒤집으면 기쁨이라고 말했다'라고 했습니다.

사랑하고 있구나, 그저 사랑이라는 것을 알게 됩니다. 나를 잃은 상실감은 나를 사랑하는 마음에서 왔고, 부모에게 느끼는 죄책감은 부모를 사랑하는 마음에서 나왔습니다. 자유를 상실한 슬픔과 그리움은 내 인생을 사랑하고 잘살고 싶은 마음에서 나왔고, 육아의 부담감과 잘되지 않아 속상한 마음은 아이를 사랑하는 마음이 없다면 결코 느낄 수 없을 것입니다.

당시에는 절대 끝나지 않을 것 같았지만 이제는 모두 지난 일이 되었습니다. 아이들이 거치는 각각의 연령과 발달 단계에는 나름의 드라마가 있습니다. 이 또한 지나간다는 점을 떠올리며 지금 해야 하는 일에 전념한다면 이 순간이 예상치 못한 선물이 될 수 있습니다

_존 카밧진·마일라 카밧진, 《카바진 박사의 부모 마음공부》 중에서

무엇이든 '언젠가 끝나는 것'임을 알게 된다면, 매일매일을 애도하며 살아간다면, 오늘을 잘 맞이하고 잘 보내며 살아간다면 그것이 끝날 때의 슬픔과 충격, 아쉬움도 덜하지 않을까요? 아이는 생각보다 빨리 자라는 존재라는 걸 알기에 하루하루가 소중하게 느껴집니다. 지금

아이는 예쁜데 자꾸 눈물이 나요

처럼 작은 손은 오늘밖에 없고, 지금과 같은 볼의 솜털은 곧 사라지고, 지금의 혀 짧은 소리는 2년 뒤에는 들을 수 없을 것이고, 땀 냄새, 입 냄새, 발 냄새가 향기로 느껴지는 때가 그리 길지 않다는 것… 언젠가 끝나는 삶이라는 걸 알기에 남은 일은 그저 살아가는 것, 사랑하는 것, 오늘에 집중하는 것, 내가 할 수 있는 일을 하는 것입니다. 나에게 좋은 말을 해주고, 작은 행복들로 하루를 채우는 것. 내 앞에 있는 사람들의 눈을 바라보고 다정한 말을 건네는 것. 맛있는 것을 함께 먹고 재미난 것을 함께 보며 웃고, 자기 전에 꼭 껴안고 서로의 냄새를 맡는 것. 이게 우리의 할 일입니다.

1. 그리운 나날을 떠올리고 그리거나 써봅니다. 마음껏 그리워해 보세요.

_____

_____

2. '왕년의 나'를 자랑해 봅니다.

_____

_____

3. 내가 떠나보낸 대상(시절, 공간, 사람, 사물 등)을 떠올려 봅니다. 그중 하나에 작별 인사를 건네봅니다.

_____

_____

4. 새로 만난 엄마로서의 나에게 편지를 써봅니다.

_____

_____

5. 내가 좋아하는 것, 내가 사랑하는 것, 나를 행복하게 하는 것들의 목록을 모두 적어봅니다.

_____

_____

6. 먼 훗날 이 시기를 돌아본다면 어떤 느낌일지 떠올려 봅니다.

_____

_____

산후 우울을
사회문화적으로 이해하기

(1) 출산

출산의 경험이 괴로운 기억으로 남아 있다면 출산의 역사에 대해 아는 것이 좋을 것입니다. 자연분만하고 싶었는데 못했다거나, 제왕절개로 인해 모유 수유가 늦어졌다거나, 분만 시 사고가 있었다거나 하는 경험은 산후 우울감의 여부와 정도, 지속성에 영향을 줍니다.

출산은 그것이 이루어지는 곳의 문화와 시대적 배경을 반영합니다. 시대에 따라 가장 좋다고 여겨지는 분만의 방법도, 분만을 돕는 이도 달라져 왔습니다. 흔히 출산의 3대 굴욕이라고 하는 회음 절개, 제모, 관장 또한 시대와 연구 결과 등에 따라 권장되기도 하고 아니기도 합니다. 심지어 현재 우리가 매우 중요하다고 여기는 초유와 모유 수유도 부정적으로 여겨지던 때가 있었습니다. 티나 캐시디의 《출산, 그 놀라운 역사》는 출산의 역사를 다룬 책으로, 현재 우리가 최선이라고 믿게 된 어떤 것의 시대적 배경과 집단의 이익, 가치관과 신념에 따른 것임을 말해 줍니다. 이를 알면 마음에 여유가 생길지 모르겠습니다. 출산에 대한 인식도 바뀌어야 합니다. 수술이나 무통주사로 쉽게 낳는 게 아니라는 것임을. 목영롱의 《굴욕 없는 출산》에서는 '출산의 노고가 거의 대부분 개인의 일로 축소되고 자주 저평가되며, 그 주체가 출산이란 경험을 해석하는 권한을 부여받지 못해 지식이나 역사로 남지 못했다'라고 합니다. 그렇기에 손자들이 할머니의 출산을 영웅담처럼 떠드는 모순을 야기한다고 말입니다.

출산의 주체인 여성과 그 가족들에게 충분한 정보가 제공되고 선택할 수 있게 한다면 어떨까 하는 생각을 합니다. 낮아지는 출산율과 상대적으로 높지 않은 분만 수가로 인해 분만할 수 있는 산부인과가 줄어들었다고 하나, 편안하고 서로 존중하는 출산 방법에 대한 사회적 논의와 분위기가 필요할지 모르겠습니다. 모든 것을 강박적으로 통제하는 출산 방식은 경계해야겠지만, 조금 더 주도적으로 출산에 참여할 수 있는 출산 방식이 고려되면 좋겠습니다. 자신에 대한 통제감을 잃고, 그저 수동적으로 흘러가는 느낌의 방식은 출산의 주체가 아니라 객체가 되게 합니다.

⑵ 여성과 엄마됨 – 우리는 왜 엄마가 되려 하는가

엄마가 되기 전에 엄마가 되고자 하는 이유를 충분히 생각해보셨나요? 저는 그렇지 않았습니다. 나이가 차니 결혼하고, 남들이 낳으니 낳고 싶었습니다. 엄마가 된다는 것이 내 남은 인생을 어떻게 바꾸어

아이는 예쁜데 자꾸 눈물이 나요

놓을지, 엄마로서의 24시간이 어떻게 흘러가는지 구체적으로 알아볼 생각도 못 했습니다. 육아서적을 읽는 동안에 육아의 생생한 이야기를 들어보았다면 좋았을 텐데요. 물론, 미리 듣고 아예 출산을 단념하는 이들도 있습니다. 각자의 선택이지요.

오나 도나스는 저서 《엄마됨을 후회함》을 통해, 충분한 고민 없이 엄마가 되기로 하는 것을 '수동적 결정'이라고 했습니다. 자신이 엄마가 되기를 바라는지, 엄마가 되면 자신에게 어떤 결과가 올지를 생각해보지 않은 상태에서 엄마가 된 여성은 '완전히 자유로운 결정'이라고 말하기 어려우며, 사람들은 그저 대세를 따른다는 것입니다. 또한, 사회적으로 여성은 엄마되기에 대해 다양한 제약을 받습니다. 우선 엄마가 되지 않은 나이가 찬 여성은 엄마되기를 암묵적으로든 직설적으로든 요구받습니다. 가임기 여성의 수를 지역별로 표시한 출산 지도가 미혼의 여성을 당연히 결혼할 여성으로 기대해 반영했다며 논란이 된 적이 있습니다. 이토록 사회는 결혼한 여성은 당연히 언젠가 엄마가 될 거라고 기대합니다. 엄마가 아니라는 이유로 소속감을 느낄 수 없거나, 성숙한 사람이라는 인정을 받기 어려운 경우도 있습니다. 스스로 주변에 엄마가 된 여성들과의 관계에서 배제된다고 여기거나, 미숙하다고 생각하기도 합니다. 엄마가 된 뒤에도 소속감 형성이 어려운데, 엄마가 되기 전에도 소속감 형성이 어렵다니 아이러니합니다. 이처럼 여성은 엄마가 아닐 땐 엄마가 아니라는 이유로, 엄마일 땐 엄마라는 이유로 제약과 당위가 많습니다.

저도 가임 기간에 대한 생리학적 한계로 제때 건강한 아이를 낳지 못할까 봐 불안해했습니다. 스스로 몸을 도구화한 것입니다. 도구화했다는 인식 없이 그저 엄마가 되지 못할까 봐 두려워 혈액순환을 위해 대추차와 생강차를 마시고, 자궁근종을 치료받고, 한 해 한 해 나이 드는 것을 안타까워했습니다. 아이를 왜 가져야 하고, 나는 어떤 엄마가 되고 싶고, 아이를 키우는 삶이 어떤 삶인지 전혀 알지 못한 채로 말이지요. 다시 돌아간 이런 결정을 내리지 않겠다고 하는 게 아니라, 더 잘 알고 선택했다면 덜 힘들고 덜 당황했을 거라는 말이 맞을 것입니다.

미국에서는 성교육의 과정으로 학생들에게 신생아 인형을 돌보게 합니다. 일주일간 실제 신생아처럼 몇 시간 간격으로 우는 인형에 놀아주기, 밥 주기, 트림시키기, 기저귀 갈기 등의 울음의 원인이 적힌 카드를 센서에 꽂아야 합니다. 의미 있는 일입니다. 옛날이라면 동생이나 조카가 자라는 모습을 보며 아기를 키운다는 게 무엇인지, 한 생명을 책임진다는 게 무엇인지 자연스럽게 알았다면 지금은 그렇지 않으니까요. 이렇게라도 육아를 체험한다면 충격이 덜하지 않을까 싶습니다. 산모의 산후 우울감 완화를 위해서만이 아니라 책임 있는 성 인식을 위해서도 좋은 방법이라고 생각합니다. 출산뿐 아니라 삶의 거의 모든 분야를 남들이 일반적으로 가는 길이니, 맹목적으로 좇기보다 나는 그것을 원하는지, 왜 원하는지 등을 성찰하게 한다면 더할 나위 없이 좋겠지요.

1. 엄마가 된다는 것을 어떤 것으로 알고 계셨나요?

_____

_____

_____

2. 어떤 이유로 엄마가 되었나요?

_____

_____

_____

3. 지금에 와 보니 엄마가 된다는 것은 어떤 경험인가요?

_____

_____

_____

4. 그에 따른 감정과 생각들을 적어봅니다.

_____

_____

_____

5. 그럼에도 불구하고, 어떤 엄마가 되고 싶은지 새롭게 찾아봅니다.

_____

_____

_____

(3) 모성에 대한 당위성

《자녀는 왜 부모를 거부하는가》의 저자인 부모·자녀 관계 전문가 조슈아 콜먼(Joshua Coleman)은 남성들에게 있는 심리적 방패가 어머니에게는 없다고 이야기하며, 어머니들은 모성에 대한 일반적인 정의에 따라 다음과 같이 의무적으로 행동한다고 말합니다.

· 자녀가 염려되는 경우, 자신을 우선순위가 가장 마지막에 둔다.

· 아프도록 퍼 준다.

· 희생하지 않아야 할 때도 희생한다.

· 항상 자녀를 걱정한다.

· 도움이 되는 선을 넘어서까지 자녀의 행복에 몰두한다.

그리고 목영롱은 《굴욕 없는 출산》을 통해 '아빠란 어떤 존재여야 하는가, 좋은 아빠란 어떤 모습인가에 대한 담론은 활발하게 전개되지 않아도 엄마에겐 늘 '좋은 엄마, 나쁜 엄마' 등으로 인위적으로 구분된 꼬리표가 따라다니고, 다양한 엄마표의 산증인이 되어야 한다'라고 말합니다. 병원에서 자녀의 주민등록번호를 기억하지 못해 허둥지둥하는 아빠가 있다면 사람들은 뭐라고 할까요? 아마 사람들은 주민등록번호는 모르지만, 아이를 데리고 온 아빠에 대해 긍정적으로 평가할 것입니다. 그러나 엄마가 자녀의 주민등록번호를 기억하지 못한다면 부정적으로 평가할 확률이 높습니다.

아이는 예쁜데 자꾸 눈물이 나요

많은 심리이론에서 엄마의 역할을 강조하고, 최근에는 그것을 엄마든 아빠든 할머니든 '주 양육자'로 바꾸어 이야기하려는 움직임이 있기도 하나 여전히 우리는 그것이 엄마를 이야기함을 알고 있습니다. '엄마의 양육 태도가 아이의 성격과 발달에 영향을 준다, 엄마가 어떻게 그런 말을? 엄마라면 할 수 있지!'라는 말들은 그 엄마가 내가 되고 보니 무겁고 나를 속박하는 말이 되었습니다.

더 괴로운 것은 그 이론들이 없는 말을 하는 게 아니라는 것입니다. 실제로 제가 현장에서 보고, 듣고, 배우며 경험한 것은 부모의 양육 태도가 중요함을 드러냈습니다. 기질 등 선천적 특성과 다른 환경적 요인을 배제할 수 없으나, 주 양육자와의 양적인 시간과 질적인 상호작용 모두 무척 중요합니다. 그러면 어쩌자는 것인가? 적어도 우리는 우리가 모성에 대해 어떤 당위성을 부여하고 기대하고 있는지를 알아차려야 합니다. 그것이 시작입니다. 나 스스로, 타인이 나에게, 내가 타인에게 모든 양육의 의무를 오직 '엄마'에게 냅다 뒤집어씌우는 게 아니라, 엄마도 한 사람임을, 혼자서는 결코 질 좋은 양육을 할 수 없다는 것을 인정하고 짐을 나누고 부족한 부분을 비난하는 손길을 거두어야 합니다.

저는 여성이자, 엄마로서 이런 무거움을 느꼈으면서도 어린이집에 다니지 않는 아기를 둔 엄마가 혼자 나와 있거나, 어린이집이 파한 시간 이후에 혼자 다니는 엄마를 보면 '아기는 누가 봐 줘?' 하고 묻고 싶어 하는 저 자신을 발견했습니다. 아기를 누군가에게 맡기고 나오는 과정이 순탄치 않다는 걸 공감하고, 지금 얼마나 시원할지 얘기하고 싶어 하는 의도는 차치하고, 질문 자체에 '당연히 지금 아기를 보고 있어야 할 사람은 엄마'라는 가정이 전제해 있습니다. 여성이면서 엄마이기도 한 상대가 '나는 지금 아기를 돌보지 않고 다른 것을 하고 있다'라는 죄책감이 내면화해 있다면 무척 불편했을 것입니다. 남편이 "요즘 애가 밥을 잘 안 먹네. 살이 안 찌네"라고 한 말이 저를 비난하고자 한 게 아닌데, 비난처럼 느껴졌듯이요.

많은 사람이 '저 엄마는 아이를 어떻게 입혔고, 어떻게 챙기고, 어떻게 대하는지'를 봅니다. 저의 경우, 앞서 이야기한 김밥집 아주머니 외에 지나가는 아주머니나 할머니들이 그러했습니다. 아이를 안고 걷고 있으면 "아기 덥다, 아기 춥다, 아기 힘들다" 참견했지요. 아이를 키워 본 여성일수록 그러하다는 게 역설적입니다. 여성이 여성에게 엄마로서의 당위성을 부과하고 있다는 방증일 것입니다.

남편의 육아 휴직 후 제가 일하러 간 첫날 받은 질문은 "아기는? 그래도 엄마가 봐야지"였습니다. 남자 직장 동료의 말입니다. 어린 둘째를 두고 일하러 나갔을 때, 첫째만큼 곁에 있어 주지 못하는 제 마음은 편했을까요? 제가 2년간 겪은 산후 우울과 부부의 관계 회복을 위한 선택이었다는 걸 그 직원이 알기나 할까요? 그리고 어디서부터 어디까지 설명할 수 있을까요. 책 한 권에 담아야 할 정도로 긴 이야기를 '그래도'라는 성찰 없는 말로 일축한 그는 상대에게 어떤 불쾌감을 일으켰을지 모를 것입니다.

아이는 예쁜데 자꾸 눈물이 나요

'그래도 엄마가, 어떻게 엄마가'라는 표현에서는 엄마의 존재를 이해하고자 하는 태도를 찾을 수 없습니다. 엄마라는 당사자의 행동에 대한 이유를 알려고 하지 않습니다. 엄마에게만 해당하는 이야기는 아닙니다. '어떻게 선생이, 그래도 공무원인데'라는 말도 개인에 대한 이해보다는 사회적 신분과 역할에 많은 것을 가두는 말입니다. 그리고 가둬지는 것에는 행위만이 아니라 감정도 있습니다. 사랑은 넘쳐야 하고 미움은 없어야 합니다. 만족감은 당연하고 후회란 불가능합니다.

엄마는 행복을 '느껴야' 합니다. 산후 우울을 경험하며 저는 우울감 외에 다른 것들로도 괴로웠습니다. "엄마가 행복해야 아이도 행복하지"라는 말에 우울증을 겪는 나는 행복하지 못한 엄마이고, 행복하지 못해서 아이까지 행복하지 못하게 하는 엄마라고 생각했습니다. 어쩔 수 없는 감정까지 엄마는 긍정적이어야 합니다. 행복하고 싶지 않은 사람은 없는데, 내가 우울을 택한 게 아닌데 행복하지 않다는 이유로, 행복하지 못한 엄마라는 이유로 받는 책망에 죄책감을 느껴야 했습니다.

《어머니는 아이를 사랑하고 미워한다》의 저자 바바라 아몬드 (Barbara Almond)는 '갈등이란 인간 심리의 기반이기에 동일한 사람에게 사랑과 미움을 모두 느낄 수 있는 것은 지극히 정상적인 현상인데, 양가감정의 부정적인 면이 이 시대에 엄청난 금기를 수반한다는 것이 놀랍다'라고 이야기합니다. 좋은 어머니 노릇에 대한 오늘날의 기대치가 매우 엄격해졌으며, 그리하여 어머니의 양가감정이 증가한 동시에 사회적으로는 더욱 수용 불가능해졌다고 말입니다. 그러면서 그 양가감정이 스스로 불러일으키는 불안과 죄책감으로 인해 여성들이 겪는 고통에 관해 이야기합니다.

《엄마됨을 후회함》의 저자 오나 도나스도 말합니다. '사회에서는 그들의 실제 경험이 어머니에 대한 신화 이미지를 파괴하는 것을 필사적으로 막으려 한다. 엄마가 되는 일도 후회할 수 있는 영역이라는 사실을 인정하기가 힘든 것이다' 그리고 엄마가 된 이들에 대해선 좋은 엄마 대 나쁜 엄마라는 이분법적 프레임을 씌움으로써, 엄마라는 이유로 여성들이 어떤 것을 요구당하는지를 밝히고 있습니다.

심지어 산후 우울증 연구에서마저도 산후 우울을 아이와의 상호작용과 가정의 행복을 위해 조절해야 하는 것으로 이야기합니다. '산후 우울증은 증상을 경험하는 본인의 삶의 질이 모아상호작용(Mother-Child Interaction)에 영향을 주어 영아의 정서적, 행동적, 인지적 발달에 부정적인 결과를 초래하며, 가족 기능에도 영향을 주어 부부간의 불화와 파혼을 초래하고, 남편의 정신건강에 부정적 영향을 주기도 한다. 따라서 산후 우울증은 산모 자신뿐만 아니라 자녀와 배우자 등 가족 전체 및 사회에 부정적 영향을 미치게 되므로 산후 우울증에 영향을 미치는 요인을 파악하고 이를 적절히 관리하기 위한 노력이 필요하다'라고 말입니다. 이런 경우, 산모는 자신뿐 아니라 자녀, 배우자, 가족 전체, 사회에 부정적 영향을 미치지 않기 위해 산후 우울증을 관리해야 하는 주체로 인식됩니다. 사회가 부과한 모성에 대한 당위성을 충족시키느

아이는 예쁜데 자꾸 눈물이 나요

라 혹은 충족시키지 못하여 고통을 느끼지만, 그 고통을 겪는 것은 개인의 탓, 이겨내는 것은 개인의 몫으로 남겨지지요. 그러나 산모의 감정이 자녀, 배우자, 가족 전체 및 사회에 영향을 미친다는 것은 결국 그 모두가 연결되어 있다는 뜻일 것입니다. 그럼 사회는 우리의 산후 우울증에 대해 어떤 영향을 미치며, 또 무엇을 해줄 수 있을까요?

1. 모성에 부여되는 당위성, 즉 '엄마라면 이래야 해, 엄마니까 이래야
   지' 하는 말로 마음이 무거웠던 적 있나요?

   _____

   _____

   _____

   _____

2. 엄마이기 때문에 느껴선 안 된다고 눌렀던 감정, 해서는 안 된다고 외면
   했던 생각들이 있나요?

   _____

   _____

   _____

   _____

3. 그런 감정과 생각을 지녔다고 스스로가 아이를 사랑하지 않는 것인지,
   나쁜 엄마인지 자문해 봅니다.

   _____

   _____

   _____

   _____

⑷ 사회와 제도

건강보험심사평가원 자료에 따르면 2014년에 산후 우울증으로 진료를 받은 여성은 261명입니다. 4만여 명의 산모가 산후 우울증을 겪고 있을 것으로 짐작되는 추정치와 비교하면 터무니없이 적은 수입니다. 티나 캐시디의《출산, 그 놀라운 역사》에서는 이에 대해 산후 우울증을 앓고 있는 산모가 출산 직후 육아에 집중해야 하는 물리적 제약과 우울증을 공개하기 어려운 문화적 장벽 등으로 말미암아 적절한 서비스를 받지 못하고 있다는 뜻이라 밝히고 있습니다. 산모의 주변에서도, 지자체와 정부 차원에서도 출산 이후 적정 기간 산후 우울감에 대한 점검과 관리를 적극적으로 하는 것이 필요함을 시사합니다.

2010년 국가정책연구 포털에서 발행한 산후 우울증 예방 자료의 제목은 '산후 우울증 가족과 함께 이겨내세요'입니다. 자료에 따르면 '산후 우울증을 겪는 산모의 아이에게는 정서적 문제나 발달상의 문제가 생길 수 있습니다. 이러한 산모의 자녀가 공격적인 성격을 가질 위험이 높다는 연구 결과가 있으며 '반응성 애착 장애'가 발생할 수도 있습니다. 또한, 산모의 우울증을 이해하지 못하는 남편이나 가족과 갈등을 초래하기도 합니다'라고 합니다. 당사자인 산모가 겪는 심리적 고통과 그로 인한 부작용, 출산 이후의 생활 적응에 대한 고려는 보이지 않습니다. 실제로 저 또한 산후 우울증을 겪은 후 아이의 정서가 불안정해 보이고 유난히 저를 찾는 것처럼 보일 때마다 '내가 산후 우울증을 앓아서 그런가' 하고 자책하는 시간이 많았습니다. 가족과 함께 이겨내라는데 그 가족은 아기가 잘 때 나가서 잘 때 돌아오는데 언제 어떻게 함께 이겨내야 하는지, 그 가족도 과도한 업무로 스트레스받고 돌아와 우울한 아내를 도와야 한다는 심리적 부담감을 얹고 있지는 않은지 생각해보아야 합니다.《페미니스트 까진 아니지만》에는 "'애 태어나면 무조건 늦게 퇴근하라'라는 회사 동료의 따뜻한 조언에 대고 아빠로서의 올바른 가치관을 설파하기 위해서는 사람들과의 친교를 포기해야 하는 세상. 그게 사회생활일지도 모른다. 다만 나는 그런 세상에서 육아를 하고 싶지는 않다'라는 구절이 있습니다. 저자의 선견지명이 놀랍습니다. 나의 남편만 가정적이라고 해서 나아질 수 없는 노동 시간과 조직 문화. '애는 아내가 보는데 왜 네가 일찍 퇴근하냐, 한 잔만 하고 들어가자'라는 권유를 거절하는 것이 좀스러워 보이는 관계 문화. 그 속에서는 남편이 아내를 돕는 것이 어렵습니다. 이어서 위 산후 우울증 예방 책자에 나온 우울 예방 방법은 다음과 같습니다.

· 간단한 스트레칭, 요가, 산책 등 가벼운 운동을 꾸준히 할 것
· 태어날 아기에 대해 남편과 대화를 자주 가질 것 → 산모의 정서적 안정에 도움
· 육아일기 쓰기 → 부모가 된다는 것과 부모의 역할에 대해 자연스럽게 받아들이게 됨

애써 만든 자료를 비방하려는 마음은 없지만, 저는 산전 요가를 부

아이는 예쁜데 자꾸 눈물이 나요

지런히 다녔고, 수시로 걸었으며, 아기에 대해 얼마나 사랑스럽게 남편과 자주 대화했는지 모릅니다. 육아일기는 수첩을 두 권이나 마련해 한 권에는 수유텀, 잠텀, 배변을 기록하고 다른 한 권에는 그날그날 아이의 컨디션과 나의 역할, 어떤 일이 있었는지를 기록했습니다. 그런데도 심한 산후 우울증을 겪고 치료 방법을 몰라 직접 보건소의 문을 두드리고, 맘카페와 지인들에게 백방으로 물었습니다. 정책적으로 제공하는 산후 우울증 예방과 치료에 대한 지식이 실제와 괴리감이 있다는 것을 실감하는 부분입니다. 산후 우울증 경험자의 말에 귀 기울이고, 현상학적인 산후 우울증의 경험과 그에 맞는 도울 방법을 정책적으로 반영하고 널리 교육하며 예방할 수 있도록 돕는 것이 필요함이 드러납니다.

둘째가 커가니 통통한 볼살과 혀 짧은 소리가 사라질까 봐 벌써 아쉽습니다. 그래서 셋째를 생각하면 또다시 혼자 저녁까지 돌볼 체력, 또다시 단절되는 경력, 다시 경력을 쌓기까지 겪을 난관을 생각하니 선불리 결정하기가 어렵습니다.

육아 휴직이라는 혜택을 받고자 한다면 그것을 제공하는 직장에 들어가는 것이 먼저인데, 그러려면 역시 풀타임 정규직에 들어가야 합니다. 아이들의 등원 시간보다 늦게 출근하고 하원 시간보다 빨리 퇴근하는 풀타임 정규직은 없습니다. 제 일인 상담 분야에서는 현재보다 더 높은 급수의 자격을 취득하기 위해서는 실무 경험, 슈퍼비전, 교육 이수, 집단상담 참여 등을 합해 공식적인 것만 720 시간 이상의 수련이 필요하고 논문도 써야 합니다. 슈퍼비전 하나만 해도 상담에 대한 축어록을 풀고, 보고서를 작성하는 일까지 포함해 한 번당 최소 4시간 이상이 필요합니다. 저 같은 아이 엄마는 일을 끝낸 뒤 아이를 돌보고 재우며 거의 잠이 들 뻔했다가 10시가 넘어 보고서를 작성하고는 합니다. 일의 효율과 질이 떨어지고 다음 날 컨디션도 좋지 않습니다. 그렇게 수련 요건을 채우고 나서는 시험과 면접을 봐야 하는데 이조차 가족에게 양해를 구하고 시간을 확보하는 과정을 거쳐야 합니다. 이 모든 과정이 마음을 무겁게 합니다. 이는 엄마가 아니라도 전문성을 위해 모두가 해야 하는 것으로 생각하며 감내할 각오가 되어 있었으나, 일부 학회에서는 경력에 공백이 있으면 그것에 대해 설명도 해야 한다는 말을 듣고는 박탈감이 들었습니다.

전문 자격 취득을 미루고 일만 하려 해도 벌써 내년이 걱정입니다. 아이가 다니는 어린이집에 7세 반이 없어 유치원에 가야 하는데 엄마 손이 금손인지 똥손인지에 달렸다니. 또 일부 유치원에는 차량이 없어서 제 차로 등하원 시킬 수 있는 시간을 확보할 수 있는 일을 구해야 합니다. 벌이는 줄어들 것이고, 아이가 학원에 다니거나 각종 체험활동을 한다면 소비는 늘어날 것입니다. 초등학교는 돌봄교실 이용과 방과후 수업이 있기는 하지만 경쟁률이 세다고 하고, 이 와중에 함께 보내는 시간에 대한 기대보다 경력과 일, 전문성과 유능감 충족에 대한 궁리가 더 커서 아이들이 서운해하지 않을까 싶어 마음이 쓰입니다. 그저 존재함이 아니라 성과와 행위에서 존재감을 찾는 이 시대의 가치에

아이는 예쁜데 자꾸 눈물이 나요

뼛속까지 물들어 버린 것도 같습니다. 마쓰다 아오코의 소설《지속가능한 영혼의 이용》에는 재미있는 이야기가 등장합니다. 일본이 인류의 심각한 환경 파괴를 막기 위해 각국의 대표가 비밀리에 모여 진행한 추첨에서 꽝을 뽑아 축소 국가가 되었다는 설정입니다. 그리하여 일본은 나라를 정리하고 인구를 줄이기 위한 상황에 처합니다.

> 세계에서 일본만 홀로 뒤처진다고 할지라도 결혼하는 여성에게서 성을 빼앗고, '아내'라는 이름에 걸맞게 그때까지 해오던 일이나 생활로부터 분리해 집 안에 가둔다. 출산은 질병이 아니라는 억지 주장으로 보험 대상에서 제외시키고, 무통 분만은 고액으로 책정, 출산의 고통을 어머니의 사랑이라는 굴레로 묶어 버리고, 여성이 죄책감을 느낄 수 있도록 사회 통념을 조작한다. 육아 수당은 참새 모이만큼 지급하고, 보육 시설은 충분하지 않도록 신경 쓴다. 유아차 동반자에게 짜증과 혐오를 분출하는, 육아에 대한 이해가 없는 사회를 만들어낸다.
> 이래도 낳을 테냐, 아직도 낳을 셈이냐. 그렇다면 더욱 낳기 어렵게 만들어주마.
>
> _마쓰다 아오코 《지속가능한 영혼의 이용》 중에서

신랄한 비판에 웃음이 나면서도, 한국도 그리 다르지 않은 모습에 씁쓸해집니다.

교육 시설과 가까우며 도로와 주변이 안전한 곳으로 이사해야 하는데 지금 사는 집의 전세 보증금을 빼고도 여전히 수억을 대출해야 합니다. 우리 부부가 하루 종일 일해도 갚아 나가기 어려운데 이 와중에 아이들의 정서적 측면에도 관심을 두어야 합니다. 퇴근 후 커피를 마시며 아이들과 놀아주어야 하고, 놀아주지 못할 때는 미안하다고 이야기하며 밥을 하고, 늦게 마신 카페인과 잔업, 공부로 늦게 자고, 다음 날 또 일찍 일어난 아이들을 따라 겨우 눈을 떠서… 와우, 다시 울적해지는데요! 죄송합니다.

보육 시설, 보육의 질, 안전, 치안, 여성의 경력, 노동 시간, 회식과 야근 문화, 집값 등 육아와 출산에 영향을 미치는 것은 이렇게나 많습니다. 산후 우울도, 육아 우울도 결코 엄마 개인의 문제가 아니라는 말을 하고 싶습니다. 양육의 질도, 양육 태도도 결코 혼자서의 노력만으로 긍정적으로 나아지는 데에는 한계가 있으며, 주변의 관심과 도움, 적극적인 참여, 교육과 프로그램을 통한 인식 개선, 실질적인 변화, 정치적 참여 이 모든 것이 필요하다고 이야기하고 싶습니다. 그리고 우리의 경험들이 더더욱 이야기되어야 합니다. 고군분투하는 삶, 그것이 불평으로 끝나지 않고 개인의 당연한 희생으로 끝나지 않도록.

이야기 하나는 그저 일화일 뿐이지만, 일화들이 모이면 어느 순간 데이터가 된다.

_마야 뒤센베리, 《의사는 왜 여자의 말을 믿지 않는가》 중에서

아이는 예쁜데 자꾸 눈물이 나요

1. 육아하며 필요하다고 느끼는 필요한 제도와 서비스에 대해 적어봅니다.

_____

_____

_____

_____

_____

2. 육아하며 필요하다고 느끼는 시설에 대해 적어봅니다.

_____

_____

_____

_____

_____

산후 우울증, 그 후

첫째가 크고, 둘째도 자라고 있습니다. 둘은 서로 말다툼할 수 있는 나이가 되었고, 저는 그것을 들으며 웃기도, 언성을 높이기도 합니다. 아이들은 9시 반경 어린이집에 가서 4~5시에 옵니다. 저는 그사이에 파트타임 강의와 상담을 합니다. 늦게까지 공부나 일, 독서를 하고 잠든 두 명의 아이들 사이에 끼여 잡니다. 수면의 질이 그리 좋지는 않지만 일이 적은 날에는 낮잠을 자 두어 체력을 비축하고, 낮잠을 자지 못하는 날에는 커피로 힘을 냅니다.

아이들을 맞이하면 단지 내 놀이터에서 이단 분리되는 녀석들을 이리 쫓고 저리 쫓으며 함께 놀고, 간식으로 실랑이를 벌이고, 저녁 시간에는 부지런히 저녁을 하며 둘이 놀게 하거나 TV를 보여줍니다. 어떨 땐 다정하게 집중해 놀아주고, 어떨 땐 혼을 내고, 어떨 땐 잠든 아이를 쓰다듬으며 아쉬운 하루를 후회하는 보통의 엄마로 살아갑니다. 떠드는 두 녀석의 소리와 끊임없는 엄마 호출, 그리고 대화 같은 대화

아이는 예쁜데 자꾸 눈물이 나요

에 그들이 있음에 이제 그리 외롭지 않고 무료하지 않습니다. 셋이서 자매처럼, 친구처럼 웃는 순간도, 손잡고 동네 슈퍼를 살랑살랑 나들이하는 시간도, 우는 두 아이를 번쩍 안아 들어 올리는 슈퍼우먼으로서의 순간도 있습니다.

남편은 약속대로 둘째를 낳은 뒤 얼마 지나지 않아 육아 휴직을 받았습니다. 1년간 오롯이 육아를 경험한 남편은 이제 회식이 생기면 꼭 전화합니다. 저녁에 함께 있을 땐 주선해서 아이들을 씻깁니다. 일주일에 제가 네 번, 남편이 세 번 번갈아 가며 아이를 재우므로 저는 강의를 듣고 이렇게 글을 쓸 시간이 생겼습니다. 저는 5분, 10분 늦는 것을 이해할 수 없는 사람이었습니다. 그러나 이제 조금은 알 것 같습니다. 아무리 잘하고 싶어도 마음처럼 되지 않는 일이 있다는 것을, 제시간에 도착하고 싶은 마음과는 달리 늦을 수도 있다는 것을, 시간 내에 마치려고 애썼음에도 마치지 못할 수도 있다는 것을, 내 통제를 벗어나는 시간이 있다는 것을 알게 되었습니다. 내가 보지 못하던 세상이 존재함을 알고 좀 더 깊은 눈을 가지려 애쓰는 사람이 되었습니다.

눈물을 이제는 흘리지 않느냐고요? 우울할 때가 없느냐고요? 물론 아직도 잘 울고 우울해하기도 합니다. 그러나 고통이 우리 삶의 일부라는 것을 받아들이면서 조금 더 초연해지고 조금 더 강해졌습니다.

모성의 당위성과는 아직도 줄다리기 중입니다. 어쩌면 책을 썼다는 게 또 하나의 당위가 될지도 모르지요. '나아진 모습을 보여야 해, 본

보기가 되어야 해' 하면서요. 그러나 매 순간 알아차리고 놓아 버리고, 알아차리고 놓아 버리며 자유로운 나를 찾아갑니다.

산후 우울증이 지나면 다시 예전의 나를 되찾는 것인 줄 알았는데, 엄마됨을 받아들이고 난 뒤의 내가 있었습니다. 한 번도 만나보지 못한 새로운 나입니다. 잃어버린 나를 되찾는 게 아니라 새롭게 성숙한 나를 만나는 것이었습니다. 예전에 알던 세상이 원색이나 파스텔 톤이었다면, 엄마가 된 뒤의 세상은 모든 색이 한 톤씩 다운된 세상입니다. 어둡거나 칙칙하다는 뜻이 아닙니다. 신날 땐 그저 샛노랗게 신나고, 화날 땐 그저 새빨갛게 화나고, 행복할 땐 핫핑크처럼 쨍하게 행복하거나 연분홍처럼 행복한 게 아니라 모든 감정에, 엷게 상실의 인정과 겸허함이 섞인 듯합니다. 모든 감정이 곧 떠나갈 것을 압니다. 그렇기에 행복은 슬픔이나 두려움과 함께 옵니다. 두려움은 희망과 함께 옵니다. 가슴 안에 나를 조금 비워내고 그 비워낸 만큼, 책임이란 것이 자리 잡았습니다. 그 무게로 가슴은, 심장은 조금 더 깊어지고 커진 듯합니다. 그러나 그 커진 가슴 안에, 사랑도 더 크게 자리 잡았습니다. 누군가를 이렇게 사랑할 수 있을 줄 몰랐는데, 그것을 매일 해냅니다. 방금 이 글을 쓰면서도 아이가 자다 깨 저를 찾았습니다. 얼른 달려가 다독이며 다시 재웠습니다. '엄마 여기 있어, 여기 있어…' 아이를 안심시킵니다. 그리고 내가 표현하는 그 사랑을 가만히 느껴 보며, 방해받은 시간을 새롭게 느껴지는 사랑과 새로운 문장들로 채우는 저를 발견합니다. 그 어느 때보다도 열심히 사는 나를, 또한 더 사랑합니다. 그 커진 사랑으

아이는 예쁜데 자꾸 눈물이 나요

로, 행복과 함께 찾아오는 슬픔과 두려움들을 물리치며, 희망과 힘으로 바꾸며 현재에 집중하며 살아가려 애씁니다.

산후 우울증으로
힘들어하는 그대에게

약한 엄마도, 부족한 엄마도 아닙니다. 이상한 것도, 혼자인 것도 아닙니다. 수면 위로 드러나지 않았을 뿐 이 일을 겪고 있는 사람들이 있습니다. 그것이 제가 지금 이 글을 쓰는 이유입니다.

충분히 운 줄 알았는데 이 글을 쓰며 또 눈물을 많이 흘렸습니다. 누구에게도 충분히 털어놓지 못했던 이야기를 누군가도 기다릴 거란 생각으로, 산후 우울증으로 힘들어하시는 분들을 돕고자 책을 썼지만, 저 자신의 치유를 위해서였던 것도 같습니다. 그러니 이 책을 읽어주시는 그대가 계셔서, 저 또한 도움을 받았습니다. 그대가 도움이 되지 못하는 것 같을 때도, 그대의 존재 자체만으로도 누군가에겐 크나큰 도움입니다. 그대가 잘하고 있는 것 같지 않을 때도, 그렇게 버티고 있는 것만으로도 너무 잘하고 있는 것입니다.

아기가 자라지 않을 것 같을 때도, 아기는 자라고 있습니다. 나을 것 같지 않은 시간이지만, 하루하루 조금씩, 반드시 나아집니다.

아이는 예쁜데 자꾸 눈물이 나요

아이를 낳느라 진통을 겪었지만, 한 번 더 마음의 진통을 강하게 겪고 있을 뿐입니다. 건강하고, 성숙하고, 더 강한 엄마가 되어 있을 수 있습니다. 그것이 제가 지금 이 글을 쓸 수 있는 이유입니다.

〈나의 딸에게〉

네가 몇 세가 되면 이 책을 읽을 수 있고,
또 이 책이 말하는 것들을 알게 될까?
이 책을 쓰는 동안 네가 걱정되었다.
혹시 읽고 나면 아플까?
너의 아픔이 나의 아픔인 듯 벌써 전해져 와.

네 덕에 행복하고 웃었던 기록들은
여기에 많이 담기지 않았어.
생략된 행간 속에 그 사랑을 찾아 느껴 달라면 무리겠지.
엄마가 현재 옆에서 주고 있는 사랑이 네게 가 닿고,
그것이 믿음이 되길 바라본다.

기억해 줘.
네가 있어서 산후 우울이 있었던 게 아니라,
네가 있어서 산후 우울을 이기고 살아낸 거야.

네 덕에 엄마가 삶에 대해 이만큼이나 알고 쓸 수 있게 된 거야.

엄마가 하는 말 있지?
우리가 잠들기 전에 읽는 그 책 제목.
사랑해, 언제까지나.

| 참고문헌 |

- 권석만, 《현대 심리치료와 상담이론》, 학지사, 2012.8
- 김용태, 《가족치료이론》, 학지사, 2019.7
- 김정규, 《게슈탈트 심리치료》, 학지사, 2015.3
- 김한준·오진승·이병재, 《오늘도 우울증을 검색한 나에게》, 카시오페아, 2022.1
- 김형경, 《좋은 이별》, 사람풍경, 2012.5
- 니콜 르페라, 《내 안의 어린아이가 울고 있다》, 웅진지식하우스, 2021.8
- 데이비드 케슬러, 《의미 수업》, 한국경제신문사, 2020.10
- 레실 S. 그린버그, 《심리치료에서 정서를 어떻게 다룰 것인가》, 학지사, 2008.11
- 레이철 시먼스, 《소녀는 어떻게 어른이 되는가》, 양철북, 2021.2
- 로날드 시걸, 《심리치료에서 지혜와 자비의 역할》, 학지사, 2014.9
- 리베카, 《솔로 워커》, 푸른숲, 2021.11
- 마쓰다 아오코, 《지속가능한 영혼의 이용》, 한스미디어, 2022.3
- 마야 뒤센베리, 《의사는 왜 여자의 말을 믿지 않는가》, 한문화, 2019.10
- 목영롱, 《굴욕 없는 출산》, 들녘, 2021.2
- 미국정신건강의학회, 《정신분석용어사전》, 한국심리치료연구소, 2022.8
- 미국정신건강의학회, 《정신질환의 진단 및 통계 편람(DSM-5)》, 학지사, 2015.4
- 바바라 E. 톰슨 · 로버트 A. 네이마이어 《애도상담과 표현예술》
- 바바라 아몬드, 《어머니는 아이를 사랑하고 미워한다》, 간장, 2013.4
- 박경애, 《인지 정서 행동 치료》, 학지사, 1997
- 박은지, 《페미니스트까진 아니지만》, 생각정거장, 2019.8
- 베레나 카스트, 《애도》, 궁리출판, 2015.2
- 오나 도나스, 《엄마됨을 후회함》, 반니, 2018.3
- 윌리엄 워든, 《유족의 사별애도 상담과 치료》, 해조음, 2016.12
- 이부영, 《그림자》, 한길사, 2021.2

- 제니퍼 시니어, 《부모로 산다는 것》, RHK, 2014.4
- 조슈아 콜먼, 《자녀는 왜 부모를 거부하는가》, 리스컴, 2022.2
- 조지 해밀턴, 《대상관계 이론의 실제, 자기와 타자》, 학지사, 2007.3
- 존 카밧진 · 마일라 카밧진, 《카밧진 박사의 부모 마음공부》, 마음친구, 2021.7
- 타라 브랙, 《받아들임》, 불광출판사, 2012.4
- 티나 캐시디, 《출산, 그 놀라운 역사》, 후마니타스, 2015.10
- 프랭크 윌스, 《인지행동 상담과 심리치료 기법》, 시그마프레스, 2011.3
- 프로이트, 《정신분석학의 근본 개념》, 열린책들, 2020.10
- 하정훈, 《삐뽀삐뽀 119 소아과》, 2016.7

- 강민철·김동민·김수임, 〈산후 우울증 유병률 및 관련요인에 대한 메타연구: 사회적 지지와 양육스트레스를 중심으로〉 상담학연구 13권 1호, 한국상담학회, 2012
- 권대익 의학전문기자, 〈산후 우울증으로 자살 위험 높은 산모 99.9%가 방치〉 한국일보 2014.12.26.
- 김경미, 〈사회비교경향성과 주관적 안녕감 및 우울의 관계〉 청소년학연구 23권 10호
- 신성만, 〈중독행동의 이해를 위한 동기균형이론〉 한국심리학회지, 2017
- 우종민 정신건강전문의 〈상담사가 알면 좋은 정신과 약물지식 초급 강의〉
- 원보미 〈대학생의 SNS에서 상향 비교가 열등감에 미치는 영향: 친밀감의 조절효과〉 건양대학교 대학원 석사학위 논문, 2022
- 윤지향·정인숙, 〈산후 우울증 관련요인: 전향적 코호트 연구〉 Journal of Korean Academy, 2013
- 이완정·김균희, 〈우울위험 집단 어머니의 우울 변화궤적 및 예측요인 분석: 잠재성장모형을 중심으로〉 한국아동학회, 2015
- 조원덕·권영민, 〈상담자가 알아야 할 분석심리학〉, 한국상담학회 동계연수 강의, 2021
- Feinstein, B. A., Hershenberg, R., Bhatia, V., Latack, J. A., Meuwly, N., & Davila, J. (2013). 〈Negative social comparison on Facebook and depressive symptoms: Rumination as a mechanism〉 Psychology of Popular Media Culture, 2(3), 161–170.)

아이는 예쁜데 자꾸 눈물이 나요